Das Buch

Bereits die Kulissen, vor denen sich Frédéric Boutets Geschichten abspielen, verbreiten eine unheimliche Atmosphäre: alte Schlösser, in diffuses Licht getauchte, verwilderte Parklandschaften, unterirdische Labyrinthe und Friedhöfe. Entsprechend unheimlich sind die Handlungen. Eine ›Reise in die Stadt der Toten‹, angetreten mit dem Vorsatz, endlich das Mysterium des Todes zu ergründen, führt ebenso ins Verderben wie die rasende Fahrt eines Trambahnführers, der sich den einzigen Wunsch seines Lebens erfüllen möchte – ohne Unterbrechung bis an das Ende der Welt zu fliegen. – Mit einer gehörigen Portion Galgenhumor berichtet ein Herr von einer Karnevalsbekanntschaft, die ihm eine etwas zweideutige Einladung einbringt... Frédéric Boutet zeigt in diesen fünfzehn teils phantastischen, teils makabren, zuweilen skurril anmutenden Erzählungen eine gespenstische Welt, die einen das Gruseln lehren kann.

Der Autor

Frédéric Boutet schrieb zahlreiche Novellen, Skizzen, Schnurren und Grotesken. Seine Lebensdaten sind unbekannt.

Frédéric Boutet:
Die Dame in Grün
Unheimliche Geschichten

Deutsch von
Hanns Heinz Ewers und
Maria Ewers aus'm Werth

Deutscher
Taschenbuch
Verlag

dtv

März 1980
Deutscher Taschenbuch Verlag GmbH & Co. KG, München
Lizenzausgabe mit freundlicher Genehmigung
des Albert Langen · Georg Müller Verlags GmbH, München · Wien
Umschlaggestaltung: Celestino Piatti
Satz: IBV Lichtsatz KG, Berlin
Druck und Bindung: C. H. Beck'sche Buchdruckerei, Nördlingen
Printed in Germany · ISBN 3-423-01855-0

Inhalt

Das letzte Abenteuer

Es war in der Nacht der Sonnenwende, frisch gefallener Schnee bedeckte die Erde.

Die weichen, still und unablässig in leichten Wirbeln von dem düstern Himmel herabsinkenden Flocken bedeckten die weite Ebene mit jungfräulichem Weiß.

Die einsame, an beiden Seiten von Fichten umgrenzte Straße entlang zog ein bewaffneter Reiter auf seinem ermüdeten Pferd dahin, beide ganz überdeckt von den weißen Flocken, die wie ein schweres Gewand auf ihnen lasteten.

Ganz allein und von der magischen Stille dieser Nacht umgeben, die durch den vom schneebedeckten Boden ausgehenden unbestimmten hellen Schein noch unheimlicher erschien, wurde der Reisende von einer tiefen Traurigkeit erfaßt. Er kam aus Ägypten, wo er jahrelang ein von Abenteuern und Gefahren erfülltes Leben geführt hatte. Ein Fremder, kehrte er in sein eigenes Vaterland zurück, arm, müde und krank. Das Gottvertrauen, das ihn so lange aufrecht erhalten, war allmählich aus seiner Seele entschwunden, die kaum noch von etwas anderem als von Verzweiflung und Reue erfüllt war.

Das Pferd verlangsamte seine Schritte mehr und mehr; der Reiter ließ endlich die Zügel hängen; von Müdigkeit erfaßt, ließ er sich durch die langsame, rhythmische Fortbewegung seines Rosses sowie durch den weißen, schmeichelnden Regen, der ihn umgab und wie mit einem feinen, endlosen Netz von allen Seiten umhüllte, langsam einwiegen. Der ein so seltsames bläuliches Licht ausströmende, unter den Tritten seines Pferdes leise knisternde Schnee sowie die Kälte berauschten ihn. Übermüdet, matt und entnervt gab er ohne Widerstreben einer ihn plötzlich überwältigenden Macht nach, die ihn in Schlummer wiegte, wobei er sich, jedoch ohne jedes Gefühl des Grauens, voll bewußt war, daß dieser Schlaf ihm den Tod bringen würde.

Da sah er plötzlich, wie in der Ferne hoch über den Fichten sich ein strahlend helles Licht entflammte, das von einem Leuchtturme auszugehen schien.

Dieser Anblick erweckte ihn aus seiner Empfindungslosigkeit. Der Instinkt des Lebens erwachte in ihm, und er gab seinem Pferd die Sporen und eilte dem jedenfalls die Nähe von Menschen verkündenden Licht entgegen, um sich ein Asyl zu erbitten.

Er erreichte ein Schloß, dessen gewaltige Umrisse sich scharf von dem Nachthimmel abhoben. Ganz oben auf dem mittelsten Turm des Gebäudes befand sich ein enges Fenster, von dem der intensive Lichtschein ausging, der ihn hierher geleitet. Als er das Schloß erreicht hatte, erlosch dieses Licht plötzlich.

In der mächtigen Umwallungsmauer, zu der sehr breite, bequeme Stufen führten, die das Pferd langsam heraufschritt, befand sich ein Tor von Eisen. Der Ritter zog seinen Dolch aus dem Gürtel und klopfte mit dem Knauf desselben an die Pforte. Das Geräusch seiner wuchtigen Schläge tönte laut durch die eiskalte Luft, um sich nur langsam in der Ferne zu verlieren.

Dann öffneten sich die schweren, metallenen Flügel des Tores, und der Ankömmling wurde beinahe geblendet durch das die roten Mauern des steinernen Vorhofes erhellende Licht von zwanzig Fakkeln, die von ebensoviel Dienern getragen wurden. Auf der Schwelle des Schlosses, vor einer Reihe von Kopf bis Fuß bewaffneter Knappen stand ein hoher Greis. Er trug ein vorne offenes, auseinanderfallendes, schwarzes Gewand, unter dem ein Panzer sichtbar wurde. Die durch das geöffnete Tor hereindringende kalte Nachtluft und die Schneeflocken bewegten sein weißes Haar. Als er den Ritter sah, ließ er sich ehrerbietig auf ein Knie nieder. Er sagte: »Mein Herr und Gebieter, sei mir gegrüßt. Bis zu der Stunde, wo die Winterblumen sich in Frühlingsblumen wandeln werden, gehört die Zeit dir. Bis zu der Stunde, wo die Hoffnung zu Schnee wird, dauert dein Glück. Aber wenn sie sich umdüstert wie die Nacht, dann ist die Stunde deines Unterganges gekommen.«

Er ergriff die Zügel des Pferdes, und sich umwendend, die Arme weit ausstreckend und den Kopf zurückwerfend, rief er mit laut schallender Stimme in die Hallen des Schlosses hinein: »Der Gebieter ist hier! Der Herr und Gebieter ist hier! Unser Herr ist gekommen!«

Seine mächtige Stimme schien das ganze Schloß zu erfüllen. Von den Türmen und Zinnen erscholl freudiges Glockengeläute. Die im Vorhof stehenden Pagen schwenkten ihre Fackeln, die Knappen rissen ihre Degen aus den Scheiden und kreuzten sie in der Luft; alle aber riefen: »Der Herr ist hier!«

Sie umdrängten den jungen Mann, der vor Erstaunen sprachlos war. Er stieg von seinem Pferd ab, und von sieben fackeltragenden Pagen geleitet, führte der Greis ihn durch eine steinerne Galerie bis zu einer großen Tür von Ebenholz, die sich bei ihrem Nahen weit öffnete. Sie betraten einen ungeheuer großen Saal, der einen pomphaften, feierlichen Charakter hatte. Die hohen Wände sowie die domförmige Decke waren ganz mit karmesinrotem Samt ausgekleidet. Von der Kuppel herab und sich scharf vom Hintergrund abhebend, schimmerten in rotem Gold ziselierte Sterne und Mondsicheln, während die Wände mit den Figuren des Tierkreises und köstlich gezeichneten Arabesken dekoriert waren. All dieser Zierat war aus schwerem rotem Gold ziseliert, und auch die Krampen, die den in tiefen Falten bis auf das Parkett von Zedernholz niederwallenden Samt zurückhielten, waren aus diesem Metall hergestellt. Im Hintergrund erhob sich eine Estrade, zu der breite Treppenstufen führten und über der sich ein prächtiger Baldachin wölbte, von dem ganze Fluten kostbaren goldbestickten Purpursamts herabwallten. Rechts befand sich ein reich mit Skulpturen geschmückter riesiger Kamin, auf dessen mit vergoldeten Schlangenköpfen gezierten Feuerböcken ein gewaltiges Holzfeuer brannte, das behagliche Wärme verbreitete, und ein flackerndes Licht warf helle Reflexe auf die Sterne des Vorsaales und auf die große Weltkugel von bräunlichem Gold, die wie eine mit Nebel umgebene Sonne den Mittelpunkt desselben bildete.

Mitten im Saal stand eine große, ovale Tafel, die mit einem gestickten Tafeltuch von blendender Weiße bedeckt war. Das Licht der in schweren Silberleuchtern brennenden dicken Wachskerzen spiegelte sich in den goldenen und silbernen Trinkgefäßen und Bechern, in den feinen Schalen von Kristall und venezianischem Glas und in den reich mit den köstlichsten Leckerbissen gefüllten Schüsseln.

Da gab es saftige, blutige Braten, Wildbret und fettes Geflügel, köstlich zubereitete und geschmückte Fischschüsseln, feine Saucen, mit auserlesenem gewürztem Frikassee gefüllte Pasteten. Zarte, beinahe durchsichtige Porzellangefäße waren mit parfümierten Cremes und aromatischen Konfitüren gefüllt; reizend arrangierte Fruchtkörbe voll edelsten Obstes und Blutorangen ergötzten das Auge. Dazwischen standen überall herrlich geschliffene Kristallflaschen, in denen rubin- und topasfarbene Weine leuchteten.

Der herrliche Duft all dieser guten Dinge erregte den Appetit des Ankömmlings.

Vor der Tafel, von Pagen und Dienern umgeben, stand eine junge Frau von wunderbarer Schönheit. Ihr üppiges schwarzes Haar, das mit Goldbändern und Perlschnüren durchflochten war, fiel in weichen welligen Scheiteln an ihrer weißen Stirn herab und war am Hinterkopf zu einem dicken Knoten zusammengebunden. An einem doppelten platten Goldkettchen, das sich aus ihrem Haar hervorstahl, hing ein durchsichtiger Smaragd, der mitten auf ihrer Stirn und über den großen Augen hing, die ebenso grün und leuchtend waren wie der Edelstein. Ein ebensolcher Stein schloß den ihre Taille umgebenden Goldgürtel. Eine Tunika von leuchtend rotem Samt fiel in graziösen Falten über ein schweres, wasserfarbenes Seidengewand, das reich mit Blumen bestickt war, die bei jeder Bewegung in wechselnden Farben schillerten. Das Oberteil war von derselben wasserfarbenen Seide, es schmiegte sich eng an, war vorne offen, spitz und tief ausgeschnitten und mit einer Wolke köstlichster Spitzen garniert, die die weiße, halbentblößte Brust umspielten und denen ein verwirrender Duft entstieg, frisch wie der der Felder und wollüstig wie die Düfte des Orients. Tief an einer Kette von Goldperlen herabhängend, schimmerte ein dritter großer Smaragd auf ihrer Brust. Die weiten roten Samtärmel ihrer Tunika wurden auf den Schultern von Diamantagraffen gerafft und fielen, die Arme freilassend, tief herab; durchsichtige weiße Seidenpuffen umhüllten die Arme bis zum Ellenbogen und endeten in einer Flut von Spitzen, die bis über die zierlichen, mit köstlichen Armbändern gezierten Handgelenke wogten und aus denen die schönen, mit Ringen geschmückten Hände wie Blumen aus ihren Kelchen auftauchten.

Der Greis stand mitten im Saal und rief mit lauter Stimme: »Der Gebieter ist gekommen! Unser Herr und Meister ist hier!«

Die junge Frau trat ihm einen Schritt entgegen und sagte mit lieblichem, ihre weißen Zähne enthüllendem Lächeln: »Sei mir willkommen, mein lieber Herr und Gebieter! Du bist lange, sehr lange von mir ferngeblieben.«

Der Ritter sagte kein Wort, denn er erkannte sie, die er doch niemals gesehen, und er glaubte sich von einem höllischen Spuk genarrt.

»Soll ich glauben, daß du mich vergessen hättest, oder gar, daß eine andere mich aus deinem Herzen verdrängt haben könnte? Aber nein, nein, ich weiß es doch, daß das unmöglich ist«, fügte sie mit einer neckischen Bewegung des Kopfes hinzu, die die Seele des jungen Mannes völlig gefangennahm. Der süße Schmeichelton ihrer Stimme und der Blick ihrer Augen wirkten wie ein stark narkotisches Mittel, das ihn sein Erstaunen und seine Furcht vergessen machte.

Er legte seine Hand in die der Schloßherrin und ließ sich von ihr führen. In einem angrenzenden, mit hellem Stoff und ebensolchen Möbeln ausgestatteten Raum wurde er von Dienern erwartet, die ihm seine Rüstung abnahmen, ihn badeten, mit wohlriechendem Wasser wuschen, sein Haar ordneten und ihn endlich mit einem köstlichen schwarzen Seidengewand bekleideten, das reich mit Purpur-, Gold- und Silberstickereien geschmückt war.

»Sieh, lieber Herr«, sagte die junge Frau, die seiner gewartet hatte, »ich selbst habe die Muster dieses Gewandes gewählt und es für dich gestickt – ach, es sind große und geheimnisvolle Muster! Sehr geheimnisvoll – und doch – nicht so geheimnisvoll wie meine Seele. Gefällt dir dieses Gewand nicht?«

»Doch«, sagte er, der sich nun ganz in seine seltsame Lage gefunden hatte und sich über nichts mehr wunderte, »es gefällt mir sehr gut. Aber hat diese mühsame Arbeit deine Augen nicht ermüdet?«

»Meine Augen ermüden nicht«, sagte sie, ihm zulächelnd und unter den langen Wimpern her einen strahlenden Blick auf ihn werfend.

Dann führte sie ihn zu Tisch, und er setzte sich. Ein Knappe schleppte auf weit ausgebreiteten Armen eine große goldene Schüssel herbei, auf der ein gebratener Pfau lag, der kunstreich mit seinem eigenen Gefieder aufgeputzt war.

Das Mahl war sehr üppig, und der Ritter vergaß alles, was ihn an die Vergangenheit hätte erinnern können, bei dem berauschenden Aroma des alten, herrlichen Weines, dem Genuß des saftigen Fleisches und der die Sinneslust anregenden unbekannten Getränke, deren seltsam köstlicher Duft sein Gehirn umnebelte.

Nach dem Mahl wurde das Paar über eine Treppe geführt, die durch auf hohen bronzenen Leuchtern brennende Fackeln erhellt war. Nachdem sie eine Reihe ernst und feierlich ausgestatteter Zimmer durchschritten hatten, erreichten sie endlich ein fensterloses Gemach, das nur matt durch mit grünen Schleiern verhangene Lampen erhellt war.

Die ganze Ausstattung dieses Raumes war in grünen, mehr oder weniger lebhaft changierenden Tönen gehalten. Die mit kostbaren, grünlich schimmernden Seidenstoffen bekleideten Wände spiegelten sich in kolossalen Spiegeln und erweckten die Vorstellung von großen Teichen. Tief herabfallende Portieren aus Plüsch und gestreifter jaspisfarbener Seide wurden von Knöpfen aus Chrysopras und meergrünem Beryll gehalten. In überall umherstehenden Vasen aus Beilstein hauchten welkende Rosen ihre süßen Düfte aus.

Das junge schöne Weib hatte die Kleider abgeworfen und ruhte nackt und wollüstig ausgestreckt in der weichen, schmeichelnden Seide des üppigen Bettes, ihr dunkles Haar war aufgelöst und umgab das süße Antlitz in großen Wellen, die geheimnisvolle, mattgrüne Beleuchtung erhöhte ihre Schönheit.

Und in dieser Liebesnacht genoß der junge Ritter übermenschliche Freuden. Er lernte die entzückendsten Liebkosungen kennen, deren Geheimnis nur ihr bekannt war. Er gab sich ihren glühenden Küssen hin, in denen sie sein Leben aufzusaugen schien, und dem Zauber ihrer zärtlichen Umarmungen, die so innig waren, daß er darin zu sterben wünschte.

Wunderbarerweise jedoch hatte er dabei eine Art von Erinnerung, ein gewisses Empfinden, als habe er all dieses schon einmal erlebt und als würde ihm nur wieder geschenkt, was er schon einmal besessen.

Dann war es plötzlich, als folge er an einem Frühlingsabend dem Lauf einer durch ein Wäldchen rieselnden Quelle und atmete den frischen Duft der an ihrem Rande wachsenden Blumen und Kräuter ein. Zurückversetzt in die ersten Tage seiner Jugend, fühlte er, wie neues Leben seine Muskeln schwellen und seine Brust sich dehnen machte. Ein unbeschreibliches Bedürfnis nach Liebe erfüllte sein Herz mit einem zugleich quälenden und köstlichen Verlangen. Er warf sich schluchzend auf den Rasen: Ohne sich Rechenschaft über die in ihm streitenden Gefühle geben zu können, empfand er einen gewissen seltsamen Stolz darauf, ein Mann zu sein, und gab sich ganz dem Zauber hin, den die werbende Kraft des Frühlings auf ihn ausübte.

Nun wieder glaubte er, auf dem weichen Sande eines Meeresgestades in Ägypten zu liegen. Es war am Ende einer Nacht von wundervollem Reiz, die, vereint mit der tiefen über dem Meere ruhenden Stille, ihn allmählich mit dem tollen Wunsch erfüllte, sein irdisches Leben abzuwerfen und sich mit dem strahlenden Nichts zu vereinigen, dessen Majestät ihn erdrückte... Er war bereit, zu sterben, als die ersten Strahlen der aufgehenden Sonne ihn zum Leben zurücklockten. Er war tief erschrocken darüber, daß er den Tod herbeigewünscht, und verzweifelt, daß er nicht gewagt hatte, den entscheidenden Schritt zu tun.

Darauf war es das Schiff einer römischen Kathedrale, das ihn umgab. Weihrauchwolken erfüllten sie, und fromme Gesänge stiegen himmelwärts. Er empfing gläubigen Herzens die Hostie und versenkte sich in fromme tiefe Andachtsübungen, berauschte sich an dem Duft des Weihrauchs und den von der Orgel herabtönenden Hymnen.

Dann kamen Bilder jener Zeit, da er sich der Wollust und einem ausschweifenden Lebenswandel ergeben.

Er befand sich in einem orientalischen Zimmer bei einer prostituierten Jüdin, mit der er in Jerusalem sieben Tage und Nächte lang gelebt, um dann in einer Stunde der Übersättigung von ihr zu fliehen. Sie hatte ihm ein geheimnisvolles, aus aromatischen Kräutern hergestelltes berauschendes Getränk gereicht, dessen Geschmack er immer noch auf der Zunge zu spüren wähnte und das ihn völlig trunken gemacht hatte. Er dehnte sich auf dem mit parfümierten Tigerfellen bedeckten Diwan. Die Kurtisane liebkoste ihn, und die Vision kaum verschleierter üppiger Tänzerinnen stieg vor ihm auf; sie tanzten nach dem Rhythmus einer eintönigen Musik, während umherkniende nackte, ganz junge Mädchen goldene Räuchergeschirre schwangen, die den ganzen Raum mit berauschendem Duft erfüllten.

Jetzt waren es Bilder aus den Tagen seiner Kindheit, die an ihm vorüberzogen, Träume längst vergangener Zeit und mehr als dieses...

Seine Seele zögerte an der Schwelle dieser geheimnisvollen Welt, in die die Liebe dieser geheimnisvollen Frau ihn lockte und deren Schleier ihre wunderbaren Hände lüfteten, Hände, deren schmeichelnde Berührung zarter und sanfter war als die von Blumenblättern.

Seine Geliebte überflutete ihn mit ihrem üpptigen Haar; sie zog sein müdes Haupt auf ihre zitternde Brust, sie wiegte ihn mit Liebesworten ein. Sie blickte ihn mit ihren magnetischen, von heißen Wünschen und Verlangen erfüllten Augen zärtlich an. Ihr Lächeln hatte einen sinnlichen Reiz. Sie neigte sich über ihren Geliebten und bezauberte ihn durch die Liebkosungen ihrer seidenen Lippen, ihrer schneeweißen Hände, ihres nackten, schmiegsamen Körpers – sie erfüllte ihn mit dem göttlichen Duft der unwiderstehlichen Wollust, der triumphierenden Liebe, die, von ihr und ihren Umarmungen ausgehend, sein ganzes Sein erfüllte.

Endlich aber entschlummerte er tief, und er wußte nicht, wie lange er geschlafen hatte. Bei seinem Erwachen befand er sich wieder in dem großen Festsaal, der jedoch jetzt ein völlig verändertes Aussehen gewonnen hatte. Die Wände waren mit rosa Moiréseide bekleidet. Statt des Feuers prangte eine Fülle köstlich duftender Blumen in dem Kamin.

Die Schloßherrin stand lächelnd und an den Kamin gestützt vor dem Ritter. Ihr mit weißen Rosen geschmücktes Haar hing in aufgelösten Locken über die Schultern. Ihr Körper war nur mit einem weißseidenen, mit Spitzen und Schwanenpelz gefütterten Gewand bekleidet. Es hatte einen tiefen viereckigen Ausschnitt, der die Brust frei ließ, schmiegte sich eng um die Taille und die Hüften an und fiel von da wie eine umgekehrte Tulpe in geraden tiefen Falten zur Erde.

Auf ihrer Stirn leuchtete ein milchweißer Opal; ein zweiter Opal war an ihrer Perlenhalskette befestigt, und ein dritter schloß ihren silbernen Gürtel.

Ganz im Hintergrund des Saales befanden sich zwei große Fenster, die weit offenstanden und durch die eine köstlich milde Luft hereinströmte. Draußen prangte die Natur in heller Frühlingspracht.

Der Ritter wurde plötzlich von einer unbeschreiblichen Sehnsucht erfaßt, den schönen Tag draußen zu genießen. Er sagte es seiner Geliebten. Sie seufzte, lächelte und antwortete: »Ja, jetzt mußt du wohl in das Tal herabsteigen, in das Tal, wo die Sonne scheint und die Blumen blühen. Ich aber werde hier bleiben und mich für dich schmücken, mein Vielgeliebter.«

Er bestieg sein Pferd, obgleich es ihm schwer wurde, sich selbst für einen kurzen Spazierritt von der zu trennen, die er über alles in der Welt liebte. Langsam ritt er dahin und blickte um sich – aber der Anblick des zarten, sprossenden Frühlingslaubs betrübte ihn, ohne daß er sich Rechenschaft darüber geben konnte, weshalb dies so war.

Er sah ein tiefes Tal vor sich. Er betrachtete die dahinterliegenden hohen Hügel, deren Umrisse sich von dem klaren Himmel abhoben. Übrigens wunderte er sich jetzt über nichts mehr, und die Erinnerung an sein früheres Leben schien völlig ausgelöscht.

Er irrte lange umher und befand sich endlich am Fuße eines der Hügel, nicht weit von einem Wasserfall, der brausend aus einer Felsschlucht hervorstürzte.

Der Ritter versuchte, den Gipfel des Hügels zu erreichen. Er ritt eine Weile zwischen öden, kaum mit einigen Fichten bestandenen Felsen, deren fratzenähnliche Gebilde ihn mit Furcht erfüllten, langsam dahin. Je höher er kam, um so mehr verblaßte die Erinnerung an seine wunderbare Geliebte, und er fing an, sich der Wirklichkeit wieder bewußt zu werden. Aber der Aufstieg fing an, unmöglich zu werden, die nackten Felsen stiegen beinahe senkrecht vor ihm auf. Er wandte also sein Pferd und versuchte einen anderen Durchgang zu gewinnen, denn er war von Grauen erfüllt und fest entschlossen, von einem Ort zu fliehen, der den Untergang seiner Seele bedeutete.

Er ritt also den Hügel herab. Je mehr er sich aber dem Tal näherte, um so mehr erwachte das Bewußtsein seiner Liebe in ihm, es wuchs mit jedem Schritt, und er verlor die Willenskraft, zu fliehen. Als er endlich das Tal erreicht hatte, unternahm er keinen weiteren Fluchtversuch. Denn er würde jetzt lieber das Heil seiner Seele verloren haben als die, die seine Gottheit war.

Die Nacht sank herab; sie lagerte schon über den Abgründen und Ausläufern des Gebirges und breitete langsam ihre Schleier über den Himmel. Der Ritter beeilte sich, um so schnell wie möglich wieder mit seiner Geliebten vereint zu sein. Die von blühenden Gesträuchen und Bäumen eingefaßten Wege waren mit Duft erfüllt, und als sich nun eine leichte Brise erhob und die blütenbeladenen Äste schüttelte, wogte ein ganzer Regen zarter weißer Blütenblättchen auf die Erde und den Ritter herab. Bei den letzten Strahlen eines an den Herbst erinnernden prächtigen Sonnenuntergangs erreichte der Ritter endlich das Schloß. Vor der Schwelle des hohen Eingangstores angekommen, sprang er vom Pferd. Der Vorhof war von Dienern und Mägden, von Pagen und Knappen erfüllt. Sie alle weinten, klagten und riefen: »Der Herr ist tot! Unser Herr und Gebieter ist gestorben.«

Der Ritter sprach zu ihnen, aber niemand antwortete ihm oder achtete seiner, es war, als ob man ihn überhaupt nicht sähe. Er durchschritt ganz allein die Marmorgalerie, deren hohe Mauern eine tödliche Kälte ausstrahlten. Eine tiefe Melancholie, die er nicht abzuschütteln vermochte, hatte sich seiner bemächtigt. Er erreichte den großen Saal, der jetzt mit dunkelviolettem Samt ausgeschlagen war, dessen einziger, in Silber ausgeführter Schmuck sein eigenes Wappenschild und seine Devise war. Das Parkett aus Ebenholz wurde von keinem Teppich bedeckt. Mitten im Saal erhob sich ein großer Katafalk, auf dem ein durch eine tiefviolette Draperie verhangener Sarg stand.

Rings um den Katafalk standen zwölf Pagen, die riesige, in unheimlich rötlichem Licht glühende Fackeln in den Händen trugen. Ihr düsterer Schein vermochte jedoch nicht den weiten Saal zu erhellen und erhöhte vielmehr die darüber lagernde trostlose Dunkelheit. Zwanzig geharnischte und Kürasse tragende Knappen, die Schild und Degen in der mit Eisenhandschuhen bekleideten Faust trugen, standen hinter den Fackelträgern, vor ihnen der Greis, der einst den Ritter am Eingang des Schlosses begrüßt, in Harnisch und schwarzem Gewande.

Neben ihm stand die junge Schloßherrin. Eine vom Hals bis zu den Füßen frei herabwallende Tunika umhüllte ihre Gestalt. Ihr schönes Gesicht war hinter einem violetten Schleier verborgen, sie trug als einzigen Schmuck drei Edelsteine, große runde, blasse Amethysten, die an schwarzen Perlenketten befestigt waren.

Der in regelmäßigen Abständen erschallende Ton einer Glocke unterbrach die über dem Saal lagernde tiefe Stille, tönte in den Gewölben wider und erstarb darin, um dann von neuem zu erklingen. Als der Ritter nähertrat, bemerkte er einen ihm entgegenwehenden seltenen, starken Duft, und er erkannte, daß es der Geruch der Gräber war. Im selben Augenblick rief der Greis mit lauter, schrecklicher Stimme: »Der Herr ist tot! Unser Herr und Gebieter ist tot!

Hier ruht der, der unser Herr und Gebieter gewesen, nun liegt er in sein Leichentuch gehüllt und ist tot.«

Die Pagen schwenkten ihre Fackeln. Die Knappen schlugen mit ihren Degen auf die bronzenen Schilde und erzeugten einen Höllenlärm. Alle aber riefen: »Der Herr ist tot! Der Herr ist tot!«

Als der Ritter all dies sah, fühlte er seine Seele von einer seltsamen Erregung bewegt, und er erkannte, daß er einem unentrinnbaren Geschick entgegenging. Zum ersten Male erinnerte er sich der Worte, mit denen der Greis ihn einst begrüßt, und er verstand nun, daß es prophetische Worte gewesen waren.

Er erkannte die Vorbedeutung des weißen Blütenregens, der ihn umweht, und wußte, weshalb seine Geliebte Opale getragen. Er blickte sie an, und er verstand die Sprache der blassen Amethysten, dieser Sinnbilder der Trauer, die sie trug. Er betrachtete den Saal, die Knappen, die Fackelträger. Er sah den Greis an. Dann aber ruhte sein Auge lange auf dem bleichen, verschleierten Gesicht derjenigen, die er anbetete. Ein seltsames, beklemmendes Angstgefühl zerriß sein Herz, denn die Lippen der Geliebten waren wie in bitterem Schmerz aufeinandergepreßt, und ihre wundervollen Augen, die sie bis jetzt gesenkt hatte, nun aber plötzlich aufschlug, blickten ihn an, ohne daß sie ihn zu erkennen oder nur zu sehen schienen.

Und diese Augen hatten wunderbarerweise die trügerische fatale Farbe der Amethysten angenommen. Sie schienen von der Leidenschaft entbrannt, in wollüstiger trunkener Freude zu schwelgen.

Er schritt auf den Katafalk zu. Er stieg die zu der Estrade emporführenden Stufen hinan. Er zog das Leichentuch vom Sarg und entdeckte, daß er leer war. Er bettete sich hinein. Er legte seinen Degen sich zur Seite und bedeckte sich mit der mit seinem Wappen bestickten Samtdecke. Das Antlitz zum Himmel gerichtet, die Augen fest geschlossen, streckte er sich lang aus und rührte sich nicht mehr.

Der monotone Klang der Totenglocke ertönte in dem Gewölbe des Saales. Mit kriegerischem Geräusch schlugen die Knappen ihre Degen auf ihre bronzenen Schilde. Der Greis aber, die Knappen, die Fackelträger, alle riefen in laut klagendem Tone: »Der Herr ist tot! Der Herr ist tot!«

Nach ihnen redete die Schloßherrin. Ihre Stimme klang traurig, aber dem von dem Leichentuch verhüllten jungen Mann erschien es, als töne sie genauso wie damals, als sie in hingebender Liebe unter seinem Kusse vor Wollust seufzte.

Sie sagte: »Ach, mein Heißgeliebter, kehre zu mir zurück... Der Tod gilt nicht so viel wie meine Liebe.«

Er aber starb.

Wie Kinder, die hinter eine Maske herlaufen

> Es gibt Menschen, denen die Illusionen so notwendig sind wie das Leben... Wenn sie der Wahrheit nahe gekommen sind, wenden sie sich erschrocken davon ab, wie Kinder, die hinter einer Maske herlaufen und die fliehen, sobald diese sich umdreht...
>
> *Nicolas de Chamfort*

Ja, sagte der Greis, hier an dieser Stelle ist es gewesen. Als ich, von Westen kommend, mich um die großen Felsen wand, die die Spitze des Hügels bilden, ging die Sonne rot unter und die Vorläuferin der Nacht, die Dämmerung, senkte sich leise herab. Als ich den östlichen Abhang des Hügels erreichte, fing es schon an, ziemlich dunkel zu werden.

Ich stieg in der Nähe des Sykomorenwaldes von meinem Pferde und machte am Rande des das Tal beherrschenden Plateaus halt. Schon war der Mond am dunklen Firmament aufgestiegen und übergoß die zackige Bergkette und das zu ihren Füßen gelegene Tal mit seinem grünlichen Licht.

In diesem Tal nun, zu Füßen der Berge, hat sich folgendes Ereignis zugetragen.

Aus einem Engpass hervortretend, näherte sich langsam ein seltsamer Zug. Zuerst sah ich eine Truppe von Hellebardenträgern mit leuchtenden Helmen. Dann kamen einige in Amtsroben gekleidete Männer, offenbar Richter, die in ernster Haltung zu Pferde saßen. Ihnen folgten schwarz und weiß gekleidete Priester, in deren Mitte ein Bischof mit Mantel, Kreuz und Mitra schritt und dem ein Küster das große silberne Kruzifix vorantrug. Dann sah ich zwei Männer, die, von Soldaten umgeben, nebeneinander gingen, der eine war der Henker, der andere, der barhäuptig, gefesselt und geknebelt ihm zur Seite schritt, der Verurteilte. Soldaten bildeten den Schluß des traurigen Geleites, dem eine große, offenbar erregte Volksmenge nachdrängte.

Der Fuß des Hügels, auf dem ich mich befand, war das Endziel des Zuges. Dort war ein Galgen aufgerichtet, der mit drohend ausgestrecktem Arm seines Opfers zu harren schien.

Da mich die Sache interessierte, stieg ich so schnell wie möglich tiefer den Hügel herab, um besser sehen zu können.

Der Zug hatte unterdessen die Richtstätte erreicht und sich in folgender Weise geordnet. Dem Galgen zunächst standen die Priester und Richter, dann die Soldaten und endlich das Volk.

Der Verurteilte wurde an die zu dem Galgen führende Leiter gebracht. Der Bischof mit seinem Kreuz trat auf ihn zu, aber der Mann wandte das Haupt von ihm ab, und obgleich ich immer noch ziemlich entfernt stand, erkannte ich deutlich seine weiße Stirn und das Leuchten seiner Augen. Aus der den Richtplatz umstehenden Volksmenge ertönten wilde Rufe und Verwünschungen. Der Verurteilte indessen stieg völlig ruhig die Stufen der Leiter hinan, der Henker legte die Schlinge um seinen Hals, da erhob er plötzlich das gesenkte Haupt, und seinen ernsten Blick über das Volk, die Soldaten, Richter und Priester gleiten lassend, erhob er feierlich die gebundenen Hände, als ob er alle segnen und ihnen vergeben wolle... Dann, ehe der Henker ihn berührt hatte, war er von der Leiter abgesprungen und hing nun da – unbeweglich – tot.

Dann begab sich etwas höchst Seltsames. Die Anwesenden blickten einen Augenblick auf ihn, sahen sich darauf betroffen und schweigend untereinander an. Sie schienen offenbar von einem furchtbaren Schrecken erfaßt zu sein, denn sie flohen nach allen Seiten, so rasch sie nur konnten. Sie stießen einander, fielen zu Boden, rafften sich wieder auf und eilten, ohne umzuschauen, so schnell wie möglich davon. Die Soldaten warfen die Waffen von sich, die Priester rissen sich ihre Gewänder vom Leib. Die Richter suchten so rasch wie möglich in den Sattel zu kommen und ritten, unerbittlich über alle Hindernisse wegsetzend, so rasch wie möglich davon. In unglaublich kurzer Zeit war die Richtstätte verödet, niemand blieb darauf zurück als der Gehenkte, der starr an seinem Galgen hing und von dem grünen Licht des Mondes beleuchtet wurde.

Ich stieg nun den Hügel ganz herunter und befand mich schnell im Tal und unterhalb des Galgens. Mich zur Erde neigend, erkannte ich plötzlich, daß tief im dunklen Grase verborgen die Wunderpflanze wuchs, die man Mandragora nennt. Ich ließ mich achtungsvoll auf ein Knie nieder, wandte mich dem helleuchtenden Monde zu, in dessen Namen man die Wunderkräfte der Erde anruft, und die mir bekannte magische Zauberformel sprechend, löste ich angstvoll und mit größter Vorsicht die wunderbare Wurzel aus dem Erdreich. Einige Tropfen blutroten Saftes befleckten meine Hand, ohne daß ich jedoch davon verbrannt wurde, und ich erkannte, daß dies ein gutes Vorzeichen sei. Ich kletterte die Leiter hinauf, die an dem Galgen stehengeblieben war, ergriff den Gehenkten und hob ihn bis auf den Arm des Galgens, der aus einem festen soliden Balken bestand. Ich setzte mich darauf und zog den leblosen Körper zu mir empor. Ich lockerte die seinen Hals umgebende Schlinge, entfernte den Knebel aus seinem Mund und zerschnitt die Fesseln seiner Hände. Dann, mich den Sternen zuwendend, rief ich mit lauter Stimme die magischen Worte, durch die das Leben beschworen wird. Ich habe diese Zauberformel in dem aus Ninive kommenden Buch gefunden, das mehr tiefe Weisheiten enthält als alle andern Bücher. Und während ich meine Beschwörung den Sternen zurief, steckte ich die heilspendende Wurzel zwischen die Lippen des Toten – da öffneten sich seine Augen, und er setzte sich neben mich auf den Galgen. Dann warf er die Wunderpflanze, deren Gestalt der eines Menschen so sehr ähnlich sieht, über seine linke Schulter und sagte: »Das, was sich erfüllen muß, wird sich erfüllen.«

Sich dann zu mir wendend, fragte er: »Warum hast du in mein Schicksal eingegriffen?«

»Ich war Zeuge deines Todes«, antwortete ich, »ich habe dann den Schrecken deiner Henker und ihre eilige Flucht gesehen. Das hat mich erkennen lassen, daß du über den Menschen stehst und daß deine Hinrichtung ein Verbrechen war. Ich begehre die Ursache deines Martyriums und das Maß ihrer Ungerechtigkeit zu erfahren. Und wenn es dir gestattet ist, es mir zu sagen, bitte ich dich, mir zu offenbaren, welcher Art das Land ist, das du durchwandeltest, um in das Reich der Schatten zu gelangen. Das sind die Gründe, die mich dazu bestimmten, in dieser unheimlichen Nacht Gebrauch von der geheimnisvollen Wissenschaft zu machen, die ich mit dem Einsatz meiner Seele aus dem inhaltsschweren Buch der Propheten von Ninive gewonnen habe. Der Inhalt dieses Buches ist bedeutungsvoller als der aller andern Bücher... Habe ich dir mit dem, was ich tat, ein Unrecht zugefügt, so bitte ich dich, vergib es mir.«

»Ja«, sagte er, »das ist der Lauf der Dinge, soweit du ihn erkennen konntest. Der dir unbekannte Grund aber all dieser Ereignisse ist der: Das, was sich erfüllen muß, wird sich erfüllen. Auf der Tafel der Zeit war dies alles vorher bestimmt.

Nun aber will ich, soweit ich dies kann, dir die gewünschte Aufklärung geben. Ich will dir sagen, was ich über meinen irdischen Lebenslauf weiß. Über den Tod aber werde ich dir nichts sagen, denn es ist dem Menschen nicht erlaubt, einen Blick in das Jenseits zu tun, solange er im irdischen Leben weilt... aber das Land, von dem du sprichst, ist kein Land des Schattens...«

»Über den Anfang meines Lebens habe ich nie etwas Näheres erfahren. Ich bin immer mir selbst gleichgeblieben. Aber ich lebe schon seit vielen Jahrhunderten, und wie im Traume habe ich die Dinge um mich sich wandeln sehen. Ich habe sehr wenig Notiz davon genommen, denn ich habe stets in der Welt der Gedanken gelebt und mich in den Geist vergangener Zeiten vertieft. Ich habe Länder bewohnt, die von der Weisheit der Alten erfüllt sind. Ich verstehe alle Sprachen, ich habe alle Bücher gelesen. Ich kenne die Geheimnisse aller Religionen. Aber unausgesetzt ist der Zweifel mein Begleiter gewesen, er hat mich niemals verlassen, und wie eine schwere Bürde hat er stets auf mir gelastet.

In der Einsamkeit und Stille, der ich mich ergab, habe ich tiefe Studien betrieben. Mit den Fakiren, die die am Ganges gelegenen Pagoden bewachen, habe ich die göttlichen Gesetze zu ergründen versucht. – In den ägyptischen Wüsten habe ich die geheimnisvollen Inschriften zu Füßen der Sphinx entziffert; in den Klöstern des Reiches der Mitte die Bücher der heiligen Moral erforscht – im Schatten der Moscheen mich über den Glauben des Propheten unterrichtet, und ich habe endlich in der Einsamkeit alter Abteien, in der die wie Schatten dahingleitenden Mönche sich an den Parabeln des gekreuzigten Nazareners begeistern, das Christentum kennengelernt. Ich habe so viel gedacht und studiert, daß mein Geist das durchschnittliche menschliche Wissen weit überragte. Mit Hilfe der Philosophen aller Zeiten habe ich eine vollkommene Kenntnis des menschlichen Herzens zu erlangen gewußt. Ich bin in die Geheimnisse der Rosenkreuzer eingeweiht und habe mir den Inhalt des einzigen Buches von Hermes Trismegistos zu eigen gemacht. Die Geheimnisse des Salomon sind mir kund, und ich verstehe mich auf die Wissenschaft der Sterne, dieser Lenker der irdischen Geschicke.

Da geschah es, daß in einer Nacht, als ich mich in der Wüste, und zwar auf der Stelle befand, wo einst Babylon gestanden, mir plötzlich eine Offenbarung zuteil wurde. Ich glaubte genau zu erkennen, was die Ursache allen menschlichen Leidens sei, und ebenso glaubte ich erforscht zu haben, was zu wissen dem Menschen not tue und welche Methode er anwenden müsse, um dies zu erfahren.

Ja, ich erkannte durch eine Offenbarung der ewigen Mächte, daß alles Elend des Lebens nur daraus entsteht, daß der Mensch seine Dauer nicht kennt. Ich erkannte gleichzeitig, welche Berechnungen anzustellen seien, um zu ermöglichen, die Zahl der jedem Menschen beschiedenen Lebenstage auf das genaueste zu bestimmen.

Ich begann damit, das Ende meines eigenen Lebens zu berechnen. Alle Zeichen wiesen mit Bestimmtheit auf den heutigen Abend, sie kündeten ferner, daß ich gleich nach meinem Tode durch eine aus der Erde gezogene Wunderwurzel in das Leben zurückgerufen würde.

Nachdem ich indessen in den Besitz dieses Geheimnisses gelangt war, hielt ich es für meine Pflicht, alle Welt daran teilnehmen zu lassen. Ich verließ die Einsamkeit und die Gesellschaft der Toten. Ich hielt es für das richtigste, zuerst meinen Aufenthaltsort in irgendeiner isoliert liegenden Stadt zu nehmen, dort Jünger zu werben und diese dann in alle Welt hinauszuschicken, das Wort der Wahrheit zu verkünden. Nach langem Überlegen habe ich mich dann für die hinter jenen Hügeln liegende Stadt entschieden. Ich begab mich dahin und begann mein Werk.

Ich redete in den Straßen, auf den Plätzen, in Schulen und Versammlungen, um für die neue Lehre zu werben, die ich den Menschen mitteilen wollte. Ich sprach von der Macht, zu der sie ihnen verhelfen würde. Ich schilderte die ungeheure Sicherheit im Studium und im Handeln, in Vergnügungen und allen Unternehmen, die aus einem solchen Wissen hervorgehen würde. Ich sprach von der wunderbaren und ruhigen Stimmung, die mit dieser Erkenntnis in die Seele der Menschen einziehen würde, da, welchem Glauben sie auch immer angehören möchten, sie dadurch Zeit finden würden, sich auf das unvermeidliche Ende vorzubereiten.

Da ich in der Rede sehr mächtig bin und weiß, welche Töne man anzuschlagen hat, um überzeugend auf seine Zuhörer zu wirken, so gelang es mir auch sehr bald, das vollste Vertrauen für mich und meine Lehre zu erringen. Das erste, was man empfand, war eine ganz unbezwingliche Neugierde, und ich wurde von allen Seiten inständig gebeten, die notwendigen Berechnungen anzustellen, um meine Anhänger der Unwissenheit zu entziehen, genau die Zahl der ihnen noch beschiedenen Lebenstage festzustellen und die Stunde und den Augenblick zu bestimmen, wo der, dessen Macht sich nicht bestechen läßt und vor dem es kein Entrinnen gibt, in ihr Geschick eingreifen würde. Sie baten mich in immer dringenderer Weise, und ich erfüllte ihren Wunsch. Ohne sich ferner Illusionen darüber machen zu können, wußte nun jeder, wann seine Todesstunde schlagen würde; das Merkwürdige aber war, daß diese Kenntnis sie alle in Verzweiflung stürzte. Sie jammerten, verfluchten mich und klagten über das Unglück, nur noch eine so kurze Lebensfrist vor sich zu haben – wie lang diese auch immer sein mochte. Ihre Angst wuchs von Minute zu Minute, sie waren unglücklicher, als ich es beschreiben kann. Ich war sehr erstaunt darüber, dachte aber, daß es nur Manifestationen der menschlichen Schwäche seien, die vor unbekannten Dingen anfänglich zurückbebt, daß man aber in sehr kurzer Zeit Mut fassen und anders denken lernen würde.

Diejenigen, die noch keine Aufklärung von mir verlangt hatten, wichen mit Abscheu von mir zurück, um ihre Unwissenheit zu bewahren, während ihre übermächtige Neugierde sie dann doch bald genug zu mir zurückführte. Sie befragten mich mit fieberhafter Angst. Sobald ich aber ihren Wunsch erfüllt hatte, gerieten sie außer sich vor Angst und Zorn und beschworen die Rache aller bösen Geister der Erde, der Luft und des Wassers auf mein Haupt herab.

Weit davon entfernt, die ihnen verbleibenden Lebenstage weise auszunützen, dachten sie nur daran, sich durch Zerstreuungen aller Art zu betäuben und das errungene Wissen so schnell wie möglich zu vergessen. Die Gelehrten ließen ihre Arbeiten, die Kaufleute ihre Geschäfte ruhen, und um dem verzweiflungsvollen, angsterfüllten Zustand ein Ende zu machen, ergaben sich viele einem üppigen, ausschweifenden Leben oder dem Alkohol, während andere in dumpfe Verzweiflung verfielen. Unglück aber, Schmach, Schande und Schrecken beherrschten die Stadt.

Da rief man den Gerichtshof zusammen, und die ganze Bevölkerung erschien, um mich anzuklagen. Man schickte Soldaten aus, die mich in Ketten schlossen, um mich vor dieses Tribunal zu führen. Der älteste Richter, dessen großer weißer Bart über seine Brust wallte, redete mich folgendermaßen an: ›Höre mich, Mann, wir haben deine Lehre in ihrer Ursache und Wirkung geprüft; wir haben sie unparteilich geprüft und gefunden, daß sie verächtlich ist. Du nennst dich einen Wohltäter der Menschheit, während du in Wahrheit der Henker ihres Glückes bist. Du sagst, daß, wenn wir die Stunde wissen, in der der Tod seine furchtbare Hand nach uns ausstrecken wird, wir ihn mit Ruhe erwarten und uns weise darauf vorbereiten werden. Das ist falsch. Sieh doch nur selbst, was aus denen geworden ist, deren Neugierde du durch deine trügerischen Worte dazu gereizt hast, sich Gewißheit über die verhängnisvolle Stunde zu verschaffen. Sieh ihre Angst und Seelenqual und erkenne daran die Frucht deiner Enthüllungen. So aber wird es unfehlbar allen ergehen, die es wagen sollten, den Schleier der weise vor uns verhüllten Zukunft zu lüften. Aber wir wollen dem ein Ende machen. Wir wollen uns unsere heilsame Unwissenheit und die Sorglosigkeit des Gemütes bewahren. Wir sind nicht stark genug, die Gewißheit zu ertragen; wir klammern uns an die Hoffnung, wir verschließen die Augen und verstopfen die Ohren vor jedem, der das Gleichgewicht unserer Seele zu stören wagt. Es bleibt ja dennoch immer eine gewisse Unruhe in uns zurück, die keiner vollständig in sich zu töten vermag. Was sollte aus uns werden, wenn wir die Gesetze des Lebens kennten, jede uns verbleibende Stunde und Minute zählen und sie verfolgen könnten? Welche Qual, mit Bestimmtheit sagen zu können, heute bleiben mir noch so viele Tage – jetzt nur noch drei, morgen zwei Tage, dann noch einer, und dann wird es sein, und dann, dann, welches Schicksal wartet unser?... Das erst ist das wahre große Geheimnis, von dem wir nichts wissen, trotz unserer verschiedenen Religionen, trotz unserer Priester. Das ist das einzige, was zu wissen für uns wichtig wäre, aber davon sagst du uns nichts. Du zerstörst nur unsere so nützliche Unwissenheit über die verhängnisvolle Stunde, um uns dafür mit Angst zu erfüllen... Weshalb soll der Mensch alles wissen? Wir wollen keine Gewißheit, die uns unsere Hoffnungen raubt und unser Glück zerstört. Wir sind Körper, und diese Körper müssen ihre Seele töten, um in Ruhe und Frieden leben zu können.

Man darf die Zukunft nicht entschleiern wollen, die eine höhere Macht vor uns verhüllt hat. Wir sollen und wollen nur in der Gegenwart leben, und es ist weise, den Tod selbst dann noch zu verleugnen, wenn er schon seine schreckliche Hand auf uns gelegt hat.

Es ist töricht, den Grund aller Dinge erforschen zu wollen, und weise, in Frieden alle uns erreichbaren Freuden zu genießen. Die übersinnliche Wissenschaft ist die Mutter unbefriedigter Wünsche, schmerzlicher Betrachtungen, der Verachtung aller Freuden der Sinne, die für uns so wertvoll sind. Das Schicksal des Menschen ist ein sehr zweideutiges, und deshalb sind die Unwissenheit und die damit verbundene Gleichgültigkeit und Faulheit ihm unentbehrliche Gefährten. Wir wollen sie uns bewahren, du aber, der du sie uns rauben wolltest, du bist dem Tode verfallen. Du wirst sterben! Du wirst gehenkt werden! Versuche kein Wort der Entgegnung, denn unser Ohr ist verschlossen vor deiner Stimme, die gefährlicher ist als die der Sirenen, da sie die Macht besitzt, uns mit dieser gefährlichen Neugierde zu erfüllen. Morgen wirst du gehenkt werden. Du wirst als Betrüger und Gotteslästerer verurteilt, und alle Welt wird glauben, daß dir recht geschieht, und wird sich freuen, daß deine Vorhersagungen als Lug und Trug erkannt wurden... Morgen werden deine Wissenschaft, deine Kraft und dein Leben zerstört sein, und das von Rechts wegen, denn das Glück des Menschen besteht nicht im Wissen.‹

Der Richter schwieg, und ich begriff, daß ich die Seele der Menschen doch nicht richtig erkannt hatte und daß, wer Menschenkenntnis erringen will, sie nicht in Büchern suchen muß, sondern daß diese Wissenschaft nur im Umgang mit den Menschen erworben werden kann.

So geschah es also, daß ich an dem heutigen Abend hierher geführt und unter den Verwünschungen des Volkes gehenkt wurde.«

»Nun aber, lebe wohl, du weißt nun, was du zu wissen wünschtest. Der Mond steht hoch am Himmel. Dies ist die Stunde, in der ich dahin zurückkehren muß, woher ich gekommen bin. Mein Geheimnis geht mit mir, denn so steht es geschrieben auf der Tafel der Zeit...«

Er glitt vom Arm des Galgens herab und hing nun wieder an seinem Strick da.

Ich stieg von der Leiter herab und verließ das Tal mit dem Galgen und dem Gehenkten, die von dem gespensterhaft grünlichen Schein des Mondes beleuchtet wurden.

Seit jener Zeit aber – die sehr, sehr weit zurückliegt – quält sich mein Geist eigensinnig mit der Lösung einer Frage, die ich nicht zu beantworten vermag. Wer war der Schlechtere, der Gehenkte oder die, die ihn gerichtet hatten?

Reise in die Stadt der Toten

> Das Ziel unseres Lebens ist der Tod; wenn er uns erschreckt, wie ist es möglich, ohne Angst einen Schritt voranzugehen? Es ist ungewiß, wo der Tod uns erreicht: erwarten wir ihn also überall... Man muß die Maske sowohl von den Dingen wie von den Personen nehmen...
>
> *Michel de Montaigne*

Von dem Augenblick an, wo er die Grenze des Landes überschritten, das vom Tod beherrscht wird, hatte er das Licht des Tages noch nicht wieder erblickt, obgleich die Zahl von vierundzwanzig Stunden schon mehrere Male vorübergegangen war.

Als er aus einem Zypressenwäldchen kam, das den Gipfel eines Hügels beherrschte, sah er endlich unten die bleifarbene und blutige Wolke, die über der Stadt hängt, in der der Tod wohnt.

Er machte Rast und ließ sich auf einem Stein nieder.

Eine tiefe Erregung bemächtigte sich seiner.

Dieser Mann war ein Philosoph, und es war der Wissensdrang, der ihn seinen Weg hierher finden ließ. Er kannte alle Geheimnisse der menschlichen Seele und des Lebens, aber das Mysterium des Grabes war ihm verschlossen geblieben, obwohl er sich unausgesetzt damit beschäftigte. Der Gegenstand seines Nachdenkens war der Tod. Er hatte alles gelesen, was im Laufe der Jahrhunderte darüber geschrieben wurde. Er kannte alle Religionen der Menschen, aber er selbst hatte niemals zu glauben vermocht; der Zweifel war sein unzertrennlicher Begleiter gewesen, und er hatte immer unsäglich darunter gelitten.

Ganz daran verzweifelnd, in den Büchern Aufklärung zu finden, hatte er in Spitälern und Krankenhäusern Studien an den Sterbebetten gemacht; er hatte die letzten Atemzüge, das Todesröcheln der Menschen belauscht. Er hatte dann die Wissenschaft der Nekromanten in Anspruch genommen, um die Dahingeschiedenen zurückzurufen und sie zu beschwören, ihn in das Geheimnis des Todes einzuweihen – aber auch das war alles vergeblich gewesen.

Sein starker Geist verneinte alles, was ihm nicht klar bewiesen werden konnte. Indessen hatte die Erfolglosigkeit seiner Untersuchungen mit den Jahren immer mehr den Wunsch in ihm entwickelt, endlich dennoch die Wahrheit zu ergründen, und dieser Wunsch hatte eine solche Kraft und Leidenschaftlichkeit erreicht, daß er das Opfer einer fieberhaften Unruhe und geistiger Qualen wurde, die immer stärker wurden. So war es gekommen, daß er, als er schon am Ende seines reiferen Lebensalters stand, von glühendem Wissensdrang getrieben, es unternommen hatte, allen Gefahren und Leiden Trotz bietend, die wunderbare Reise in die Stadt zu machen, die vom Tod beherrscht wird, fest entschlossen, das Mysterium zu ergründen und den Schleier von dem Rätsel zu reißen, das ihm die Ruhe raubte und seinen Geist Tag und Nacht beschäftigte und mit Zweifel und Qual erfüllte.

Lange saß er so in Gedanken versunken da. Seine Seele war angsterfüllt, und da er nicht mehr jung war, hatten die Anstrengungen der Reise ihn sehr erschöpft. Sein Entschluß jedoch stand unerschütterlich fest, und obwohl sein Ziel, das er nun bald erreicht hatte, ihn mit Grauen erfüllte, wäre doch dieser Mann durch nichts in der Welt zu bestimmen gewesen, umzukehren.

Er erhob sich endlich und schritt langsam den Abhang hinab und der Stadt zu. Sie war ringsum von Mauern umgeben, die von schwindelnder Höhe waren und in denen sich in der Richtung der vier Himmelsgegenden vier große Eingangspforten befanden.

Von jedem dieser Tore führte eine breite, große Straße bis zu dem Mittelpunkt der Stadt. Der dazwischenliegende weite Raum war mit einer großen Zahl sich hin und her wendender und labyrinthisch verschlingender kleinerer Alleen erfüllt, durch die man zu verschiedenen Plätzen gelangte, die ebenfalls von schwarzen Mauern umgeben waren, deren Höhe jedoch die der Außenmauern nicht erreichte; indessen befanden sich auch hier vier nach der Richtung der Himmelsgegend angebrachte Tore, die weit geöffnet waren.

Über der ganzen Stadt aber lagerte schwer eine unbewegliche Wolke, die bleifarbig, rußig und mit blutroten Flecken durchsetzt erschien.

Die Wolke hing so tief, daß sie die Ränder der Umfassungsmauern berührte, sie lag drückend wie die Platte eines Grabes darüber. Eine stagnierende, schwere Luft, wie sie Morasten und Sümpfen entsteigt, und ein unheimlich phosphoreszierender Schein ging davon aus. Ein widerlich fader Geruch kroch durch die von Feuchtigkeit erfüllte Atmosphäre. Aus der Wolke aber fiel unausgesetzt ein sehr feiner, außerordentlich kalter Regen. Der Reisende, der davon durchnäßt wurde, erkannte, daß er rot war und wie Blut aussah. Die braune und harte Erde trank diesen Regen, während sie dabei fest und so kalt blieb, daß sich den darauf sich bewegenden Wesen ab und zu ein schmerzliches Stöhnen entrang.

Der Reisende bemerkte eine große Menge menschlicher Wesen um sich. Sie hatten alle eine gewisse Ähnlichkeit miteinander, da alle eine fahle blasse Gesichtsfarbe und einen verstörten und gequälten Ausdruck hatten. Sie waren alle mit langen Gewändern bekleidet, ihre Köpfe waren unbedeckt, und von ihrem Haar oder vielmehr ihren Schädeln troff der widerlich rote, klebrige Regen.

Die meisten liefen entweder mit stumpfsinniger Langsamkeit oder mit fieberhafter Eile hin und her; viele standen auch unbeweglich da und schienen in furchtbare Gedanken vertieft zu sein. Ihre Gesichter waren verzerrt. Viele lagen an den Mauern entlang auf dem Boden ausgestreckt, während andere sich, von plötzlicher Ermüdung überwältigt, wo sie gerade gingen oder standen, hingekauert hatten. Andere liefen scheinbar planlos bald hier-, bald dorthin und machten den Eindruck von Verrückten.

In dem überall herrschenden schwachen und ungewissen Licht erkannte man, wie viele verzweifelt die Arme rangen, während sich das Gesicht krampfhaft verzerrte, wie sich andere in Zuckungen auf dem Boden wälzten. Die ringsum herrschende Stille wurde nur durch Ächzen und Stöhnen, durch Zähneklappern und Seufzen unterbrochen. Überall aber herrschte der Schrecken...

Der Reisende schritt durch alle diese unglücklichen Wesen, von denen jedoch keins ihn zu sehen schien. Er selbst war von Schrecken erfüllt, denn er begriff das nicht, was er hier sah.

Er betrat einen der von nebelfarbenen Mauern umgebenen Plätze. Die Mauern waren so hoch, daß man, wenn man an ihnen hinaufsah, den Eindruck hatte, als befinde man sich in einem tiefen Brunnen. Genau in der Mitte dieses Raumes stand ein großer Dreifuß aus Eisen, auf dem etwa zehn Ellen über dem Fußboden eine Vase von demselben Metall stand, deren Öffnung eine kegelförmige Flamme ausspie. Ohne durch den Regen beeinflußt zu werden, strahlte diese in purpurrotem Licht, dessen Schein sich mit dem vom Himmel fallenden rötlichen Schimmer vereinte.

Auf der Erde und überall herum standen und kauerten viele Einwohner dieser Stadt. Alle schienen in tiefes Leid und namenlose Traurigkeit versunken zu sein. Mit trostloser Stimme beklagten sie ihr Unglück in einer Sprache, die dem Philosophen unbekannt war, obwohl er den Inhalt ihrer Reden sehr wohl verstand.

»Er naht«, sagten sie, »nun ist er hier, jetzt dort – und überall. Die Wolke vergießt blutige Tropfen über unserem Haupte. Soll das immerfort so gehen? ... dauern bis in alle Ewigkeit? Aber nein, nein... Er kommt und wird Besitz von uns ergreifen. Wir sind Seine Sklaven, aber wer wird uns Sein Wesen enthüllen? Das Ihn umgebende

Mysterium quält uns – Seine Drohungen erschrecken uns!... Wen von uns wird Er ergreifen? Er, der stets unter uns gegenwärtig ist, ohne daß wir Ihn erkennen! Oh, welchen Gott sollen wir anrufen. Ist nicht *Er* der einzige Gott?«

»Buße?... ach, ist es nicht endlich genug der Buße für unsere Fehler und Verirrungen, die verschiedener Art gewesen, da unsere Naturen verschieden, und die sich doch überall ähnlich sind, da wir alle Menschen waren. Was aber sind wir jetzt? Für die Lebenden sind wir Tote, aber wir wissen sehr wohl, daß wir nicht wirklich tot sind, da Er uns noch nicht erschienen ist. Wir wissen nur, daß wir uns in Seinem Reiche und unter Seiner Gewalt befinden, daß wir Seinem Willen untertan sind, ohne die Macht zu haben, Ihm entfliehen zu können. Der blutige Regen lastet auf uns wie der Zweifel, seine Eiseskälte macht das Mark in unseren Knochen gefrieren, und der fade, unbestimmte Geruch, der ekelerregende Dunst, der ihm entströmt, erstickt uns.«

»Wen sollen wir anrufen, da Er sich nicht erweichen läßt? Was sollen wir tun – um uns Seiner Gewalt zu entziehen? Oh, gleichviel, welcher Macht wir verfallen, wenn es nur nicht die Seine ist!...«

»Alle Qualen lassen sich ertragen – nur nicht die, die Er auferlegt: Er, den wir nicht kennen.«

»Er naht. Sein Atem streift uns. Er ist hier, ist da, ist allerorten. Oh, Er ist über uns...«

Sie hatten sich erhoben, von Grauen und Angst erfaßt, unfähig, den Ort zu verlassen, irrten sie planlos von einer Seite zur anderen, sie rangen die Hände, zerfleischten das Gesicht mit den Nägeln, zerschlugen ihre Brust. Sie schrien, schluchzten und weinten – die Tränen aber, die sie vergossen, waren blutige Tränen. Der Reisende ließ den Blick auf einem neben ihm stehenden Greise ruhen, der wie im Delirium zu sein schien und sich verzweifelnd den Bart raufte.

Ganz plötzlich aber trat eine große Stille ein, und alle blieben unbeweglich auf ihrem Platz. Der Regen hörte auf. Die auf dem Dreifuß brennende Flamme sank in sich zusammen und verlöschte. Lautloses Schweigen herrschte ringsumher. Ein unerträglich schwindelndes Gefühl, eine namenlose Angst und Spannung bemächtigte sich der Gemüter. Man fühlte die Gegenwart der geheimnisvollen Macht.

Der Philosoph sah, wie der Greis neben ihm das Antlitz gen Himmel erhob, ein Antlitz, das keinen menschlichen Ausdruck mehr hatte, sondern von einer wunderbaren überirdischen Bewegung erfüllt war, und dann verschwand der alte Mann. Sein schwarzes Gewand, dessen er nun nicht mehr bedurfte, fiel auf den Boden.

Im selben Augenblick leuchtete die Flamme auf dem Dreifuß wieder kräftig auf. Der Regen floß herab. Die von Schrecken wie erstarrt gewesenen menschlichen Wesen schüttelten den fremden Einfluß, der sie alle paralysiert hatte, ab und flohen nach allen Seiten.

»Der weiß es! Der weiß es jetzt!« riefen sie. »Er hat Besitz von ihm ergriffen, und er sieht Ihn nun von Angesicht zu Angesicht.«

»Wir aber sind immer noch ein Raub der Angst und des Schrekkens, weil wir fortwährend an dem Abgrund dieses Mysteriums stehen, weil die Furcht vor dem Unbekannten uns zerfleischt.«

»Sollen wir auf Seine Ankunft hoffen, um endlich Gewißheit zu erhalten? Aber nein, das Wissen bedeutet das Grauen, denn Er ist das Grauen!...«

Der Philosoph hörte, wie ihre Stimmen sich in der Ferne verloren, während er sinnend das Gewand des Alten betrachtete, das auf der Erde liegengeblieben war. Er war wie betäubt. Eine ungeheure Wißbegierde verzehrte ihn. Da sah er eine völlig nackte Frau. Der rote Regen floß über ihren Körper. Mit düsterer Resignation ergriff sie das am Boden liegende Gewand, umhüllte sich damit und kauerte sich dann hin. Durch die vier Eingangstore strömten Neuankömmlinge, die unausgesetzt klagten, während der Reisende seinen Weg durch die Alleen fortsetzte.

Er besuchte viele Räume, die alle dem ersten völlig gleich waren. Er sah vor Angst zitternde Gestalten, die von dem blutigen Regen überrieselt und von der unheimlichen, auf dem Dreifuß brennenden roten Flamme beleuchtet wurden. Es weilten sehr viele Unglückliche an diesem Ort, und ihr Elend schien keine Grenzen zu haben. Und überall übte die unsichtbare, schreckliche Macht ihre Gewalt über sie aus, indem sie plötzlich einen unter ihnen ergriff und verschwinden ließ, während die Qualen der Zurückgebliebenen dadurch immer noch vermehrt wurden. Obwohl die unbekannte Macht ihre Zahl fortwährend dezimierte, wurden ihrer nicht weniger, weil sich unaufhörlich neue Gestalten durch die offenen Pforten drängten. Sie waren eifersüchtig auf jeden, der in das Unerforschliche eingeweiht wurde, während sie gezwungen waren, noch in der Nacht der Unwissenheit zurückzubleiben. Die Qual der Ungewißheit verzehrte sie, sie lebten in einem Paroxysmus von Angst, kein Hoffnungsstrahl leuchtete den gemarterten Bewohnern der Stadt des Todes.

So also fand der Philosoph diese Stadt; er wanderte ohne Aufenthalt sechzig Stunden darin umher, ohne daß es ihm gelungen wäre, den Mittelpunkt, wo der Tod sich aufhielt, zu erreichen.

Das Zentrum war von einer großen rundum laufenden Mauer

umgeben, die von prächtigem schwarzem Marmor hergestellt war, in der vier mit den großen Wegen korrespondierende Tore sich befanden. Im Innern dieser Ringmauer erhob sich noch eine Mauer, die jedoch nur zwei Zugänge hatte, und zwar nach Sonnenauf- und -untergang. Als der Philosoph hindurchgeschritten, befand er sich vor einem gewaltigen Dom, der überhaupt keinen Zugang zu haben schien. Von einem unwiderstehlichen Forschungsdrang getrieben, ging er um ihn herum und blieb endlich sinnend stehen. In diesem Augenblick wichen einige Steine vor ihm auseinander und bildeten eine enge Öffnung, die ihm den Zutritt in den Dom ermöglichte. Er befand sich in einem Gewölbe von außerordentlicher Höhe, in dessen Kuppel ein rundes Loch war, durch das sich der rötliche Schein des Himmels und der Regen hereindrängten. Die blutigen Tropfen überschwemmten eine große Platte von bleifarbenem Metall.

Dies war also das Zentrum der Stadt.

Als der Reisende bis dahin gekommen war, erhob sich die Metallplatte langsam und enthüllte eine darunter befindliche Steintreppe, die sich in der Dunkelheit verlor. Er wagte es mutig, die Stufen hinabzuschreiten; hinter ihm fiel die große Platte mit dumpfem Geräusch zu. Von Dunkelheit umgeben, stieg er lange, lange die enge Wendeltreppe hinab.

Endlich erreichte er eine Galerie, die in den Stein gehauen war und die einen Abgrund von unermeßlicher Tiefe umgab.

Dort wohnte die ewige Nacht. Totenstille herrschte ringsumher; aus dem Abgrund stieg eine vernichtende Kälte empor.

Obgleich die Augen des kühnen Eindringlings seine Umgebung nicht zu unterscheiden vermochten, hatte er doch ein deutliches Bewußtsein, wo er sich befand. In gewisser Beziehung war er sich sogar völlig klar darüber, daß er nun endlich das Ziel seiner Reise erreicht hatte. Er nahm all seine Kraft zusammen und neigte sich tief über den Abgrund des Todes, um ihn zu befragen.

Er sah nichts – der Abgrund war von Finsternis und dichten Nebeln erfüllt.

Da erfaßte ihn eine frenetische Wut.

»Ungeheuer«, rief er, »du Ungeheuer! Träger des Schreckens! Henker alles dessen, was ist, du sollst meiner nicht länger spotten. Du bist nur für die auf der Erde Wandelnden ein Mysterium, ich aber werde jetzt dein Geheimnis erforschen, indem ich mich hineinstürze. Jetzt wirst du dich mir offenbaren – ich will sterben – aber wissen...«

Dann versuchte dieser Mensch es, sich in den Abgrund des Todes hineinzustürzen – aber der Abgrund nahm ihn *nicht* auf! – Die Finsternis verweigerte es, sich für ihn zu öffnen, und trotz der wütenden Energie seiner Anstrengungen vermochte er es nicht, die Starrheit zu überwinden, die plötzlich jede Bewegung seiner Glieder hemmte:

Da erkannte er das furchtbare Schicksal, das ihn betroffen. Er war verdammt, auf dem engen Weg zu bleiben, der das Reich des Todes umgibt, ohne sterben oder in das Land der Lebenden zurückkehren zu können – verflucht, auf ewig den Abgrund zu umkreisen, sich über seine Finsternis neigend und vergebens seine Nebel zu durchdringen suchend – während seine Seele von den Martern einer immer wachsenden, ihn verzehrenden Wißbegierde, endloser Zweifel und namenloser Furcht gefoltert wurde und seine verzweifelten Klagerufe ungehört in dem Dunkel verhallten.

Sein gewisses Schicksal, noch so fern wie der Tod.

Durch das Gitter des mit Efeu und Wein umwachsenen Fensters fällt das matte Licht des hereindämmernden Abends. Ein Gewitter ist im Anzug. Der Schein einer an langer Kette von der Decke hängenden großen Bronzelampe erhellt das Gemach, es ist ein seltsam prunkvoller, aber zugleich vernachlässigt aussehender Raum. Keine Tapeten verhüllen die Wände, über der Holztäfelung erkennt man alte Fresken, die obszöne Darstellungen oder Folterszenen zum Gegenstand haben, sie sind in einer naiv minuziösen Weise ausgeführt und scheinen durch die wechselnde Beleuchtung ein phantastisches Leben zu gewinnen.

Nur wenige aus Ebenholz hergestellte Möbel stehen in dem Gemach. Eine Standuhr verkündet die Stunde mit melodischer Stimme. Der Parkettboden ist mit darüber ausgebreiteten Pelzdecken belegt, die das Geräusch von Fußtritten unhörbar machen. In einer bronzenen Vase steht ein großer Strauß wunderbarer roter Rosen, die dem Verwelken nahe sind und sterbend ihre süßesten Düfte aushauchen.

Dem Fenster gegenüber, zwischen einem Diwan und der Tür, steht ein Bett aus Ebenholz, über dem sich ein Baldachin erhebt, von dem kostbare, mit Goldfransen geschmückte karmesinrote Samtvorhänge herabhängen, die aber teilweise durchlöchert sind und einen vernachlässigten Eindruck machen.

Die Vorhänge sind zurückgezogen, und in dem Bett schlummert ein junges Weib, Sara d'Hellemone. Sie ist eine Prostituierte, denn ihr Vater hat des Goldes wegen allen reichen vornehmen jungen Männern, die sich durch den unvergleichlichen Reiz ihrer Schönheit angezogen fühlten, den Zutritt zu seiner Tochter gewährt – trotzdem aber ist sie Jungfrau geblieben, weil der Vater ihre Lippen mit dem schwarzen Gift, das nur ihm bekannt ist, vergiftet und dadurch ihren Mund zu dem Becher gemacht hat, aus dem alle den Tod trinken, die, mit was für einer Liebe es auch immer sei, sie lieben und die Süßigkeit ihres Kusses genießen wollen.

Das ganze Weib aber, das in dem Bett liegt, ist selbst einem schrecklichen Leben zum Opfer gefallen, und es ist offenbar, daß ihr Tod nahe bevorsteht. Alle erkennen dies, alle, außer einem, dem Greis, ihrem Vater. Er will es nicht sehen, daß sie im Sterben liegt, er will überhaupt nicht glauben, daß sie je sterben könnte, da er mit der Macht seiner Wissenschaft, an die er vollen Glauben hat, gegen die Macht des Grabes ankämpft.

Die Schatten werden tiefer. Die Uhr schlägt. Das Mädchen erwacht aus seinem Schlummer. Ihre Augen irren umher wie die eines Wesens, das sich verirrt hat und nicht weiß, wo es sich befindet. Sie blickt auf die Lampe mit ihrem klaren, ständigen Licht, auf die schrecklichen an den Wänden befindlichen Malereien, die massiven gespensterhaft aussehenden Möbel, und ihr Auge haftet dann besonders lange auf dem mit Efeu und Wein umrankten Fenster, durch das man den mit mißfarbenen, schweflig aussehenden Wolken bedeckten Himmel erblickt, die durch zuckende Blitze zerrissen werden. Schmerzerfüllt atmet sie den süßen wollüstigen Duft der sterbenden Rosen ein, sie ringt verzweifelnd die Hände, seufzt müde und beginnt alsdann in abgebrochenen Sätzen zu reden.

SARA: Die Sonne – oh, die Sonne ist gestorben. Und ich habe ihre Herrlichkeit nicht gesehen – ach, und niemals wieder werde ich sie erschauen! – Ich habe zu lange geschlafen... Jetzt aber werde ich sterben.

O Gott, was ist aus der Sonne geworden? Drohende Sturmwolken bedecken den Himmel. Ach, der Sturm hat sich auch schon seit langem meiner Seele bemächtigt. Die Geister der Gestorbenen suchen mich im Traum auf. Wie werden sie mich erst quälen, wenn ich im Grabe ruhe! – Aber der Alte wird dort wenigstens keine Gewalt mehr über mich haben.

Werde ich keine Sehnsucht nach dem Leben haben? Man sagt, daß der befreite Sklave Heimweh nach seinen Ketten empfindet. – Ach! – Ich habe so schöne Dinge geträumt. Der schöne Traum hat mich meiner selbst vergessen gemacht... Wer vermöchte meine Wünsche, meine Träume, meine Hoffnungen zu verstehen? Wer die Freuden, die Genüsse, den Ruhm ermessen, von dem ich geträumt? Ganz gewiß, Sara d'Hellemone wird dies nicht verraten, denn das ausgesprochene Wort würde diesem Traum den höchsten Reiz, den des Geheimnisses, rauben. Aber nein – nein – ich lüge! Ich habe nichts gewünscht, nichts geträumt – ich habe gelebt – habe Seele und Körper prostituiert.

Ich fühle, wie die Schwingen meiner Lebensgeister flattern wie die Flügel eines Vogels, der sich zum Flug bereit macht, wie das Segel des Schiffes, das sich der Macht des Windes preisgibt, um andere Gegenden zu erreichen, Neuland, das erfüllt ist von allem, was schön und herrlich, ein Land dieser Erde, das ich niemals gesehen habe, ach, und das ich auch niemals erreichen werde! O welch ein Herzeleid! Ich muß jetzt sterben, und es gibt Länder und Städte, die ich nicht kenne, und ganze Völker, deren Namen ich nicht einmal weiß.

Mein Leben erlischt, während die Sterne am Himmel funkeln, diese Seelen des Firmaments! Geheimnisvolle Fackeln, erscheinen sie dem einen als ein Symbol der Hoffnung, dem andern als das der Verzweiflung. Diese drohenden blutroten Wolken jedoch verhüllen die Sterne – der Sturm wird sie verlöschen – aber wenn er vorüber ist, werden sie noch schöner erstehen. Mein Leben aber wird erlöschen und nicht wieder erstehen. Ich werde sterben, während die Blitze zucken, der Sturm heult, und alle Mächte der Natur entfesselt sind. Meine Seele wird meinen Körper verlassen. Mein Seele? Der Greis würde lachen. Meine Seele? Er würde lachen. Es ist der Einfluß seines verfluchten Geistes, der auch mich plötzlich lachen macht, ach, ein grauenhaftes Lachen. Mein Körper wird nicht mehr sein. Ach, und doch bin ich sehr schön gewesen. Das war mein Fluch. – Ich war stolz auf meine Schönheit, stolz bis zum Wahnsinn. Ich bin es immer noch, und dennoch ist jetzt die Stunde gekommen, in der sie aufhören wird zu sein. Nichts, nichts wird von mir übrigbleiben, wenn es nicht die Erinnerung an die von mir begangenen Verbrechen ist.

Ach, ich habe gekämpft... Aber der Geist der Finsternis war stärker als ich... Ob es nicht dennoch möglich gewesen wäre, ihm zu widerstehen?

Ach, ich weiß es nicht. O warum bin ich nicht besser gewesen? Warum mußte meine Seele schwach und eitel sein? Der Greis hat mich der Macht seines Willens untertänig zu machen gewußt, durch Bitten und Drohungen hat er mich willfährig gemacht. Und dann – ich liebe den Schmuck – wie er das Gold liebt! Ich würde außerdem niemals meinen Körper erniedrigenden Umarmungen preisgegeben haben. Mein Körper ist in seiner Schönheit und Jungfräulichkeit mein eigenstes Eigentum, niemand hat ihn genossen, trotz der unzüchtigen Zärtlichkeiten, mit denen ich meine Lippen befleckt habe und bei denen ich nicht kalt geblieben bin – trotz des verbrecherischen Begehrens dieses eifersüchtigen Greises, der an meine Keuschheit glaubt. Meine Keuschheit, oh, was ist aus ihr geworden? Ich habe meine verbrecherischen Küsse genossen. Bin ich wirklich unschuldig? Wahrhaftig, wenn es einen Gott gibt, wird er gerecht über mich richten. Ich bin unfähig, mich selbst zu erkennen!

Eine in der Nähe des Bettes befindliche Tür öffnet sich geräuschlos, und ein alter Mann tritt daraus hervor. Sein Haar ist weiß, sein Gesicht sehr bleich. Ein langes Gewand von schwarzem Samt verhüllt die Magerkeit seiner Gestalt. Er trägt ein silbernes Fläschchen in der Hand.

DER GREIS: Ich habe siegreich gegen die Bosheit der ewigen Mächte um dein Leben gekämpft. – Meine Belohnung dafür wird das Wiederaufblühen deiner Jugend sein... Nimm dieses Elixier, es wird dir Genesung bringen.

SARA: Es ist alles vergebens. Ich werde es nicht trinken. Du wirst mich nicht mehr zu deiner Sklavin machen. Ich habe mich von dir befreit.

DER GREIS: Was sagst du? Du seist meine Sklavin gewesen? Was hätte ich dir je zu tun auferlegt, was du nicht sehr gern getan hättest? Aber es ist das Fieber, das deine Gedanken verwirrt. Trinke! Es ist die Genesung, die ich dir bringe.

SARA: Verlaß mich. Der Tod hat eine Schranke zwischen uns errichtet, die du nicht durchbrechen kannst. Endlich ist die Zeit gekommen, in der ich allein sein kann. Die wenigen Stunden des Lebens, die mir noch geblieben sind, gehören meiner Seele.

DER GREIS: Was redest du da? Werde Herr deiner Aufregung... Ich bringe dir das Leben.

SARA: Das Leben ist nicht für mich!... Du weißt es doch, mein Vater, es gibt kein Heilmittel gegen das schwarze Gift.

DER GREIS: Das schwarze Gift?

SARA: Ach, es sind ihrer so viele daran gestorben – alle meine Liebhaber – sie alle sind unter meinen Augen daran gestorben, ich kenne daher die Wirkung dieses köstlichsten aller Gifte nur zu wohl... Nun sterbe ich daran – langsam, aber sicher... Ist das nicht nur gerecht? Ich sterbe, ein Opfer meiner Frivolität, ein Opfer des Goldes, ein Opfer des alten Hellemone, der mein Vater ist... Ja, so ist es... Übrigens habe ich mit größter Geduld und Mühe mich an das Gift zu gewöhnen gesucht; ob ich aber nicht doch in einer Stunde des Überdrusses zuviel davon genommen habe? Ich bin zwanzig Jahre alt, ich bin Jungfrau, ich sterbe...

DER GREIS: Das Gift! Das Gift! Entsetzlich! Sie stirbt durch mich, der ich sie anbete und mehr liebe als mein Leben, ja, mehr als meine Wissenschaft. Aber vielleicht gelingt es mir dennoch, ein Gegengift zu finden. Man muß kämpfen... Ach, wozu nützt es! Dies Gift ist unfehlbar, es führt mit absoluter Gewißheit zum Tode, ist es doch der Triumph meiner Wissenschaft. Wie stolz war ich darauf.

SARA: Weit, weit von mir, in dem draußen tobenden Sturm, sehe ich die Geister meiner Liebhaber, die um meine Seele kämpfen – Alter Mann, die Wissenschaft trügt, der sterbliche Leib ist kein Gott! Die Seele lebt und muß Buße tun. O entsetzlich –

Rings um mich wird es Nacht!... Die abendlichen Lampen unter dem Gewölbe leuchten, und alle Stimmen feiern den Tod. Wie ein von Regen und Düften erfüllter leichter Sommernebel schwebt meine Seele darüber hin, das Dunkel der Nacht sinkt über die Wälder, und eine leichte Brise trägt Wolken und Träume himmelwärts. Sehnsüchtige Düfte entsteigen den Blumen. Ach, das Leben zeigt sich in mannigfacher Gestalt – aber hinter diesen verschiedenen Masken wohnt das unveränderliche Antlitz des Todes.

Allmählich ist die Nacht herabgesunken. Das schwebende Licht der Lampe vermag kaum das Zimmer zu durchdringen. Eine drückende Schwüle macht sich bemerkbar, das Gewitter ist nun ganz nahe gekommen. Blitze durchzucken die Luft und erhellen das Gemach mit phosphorisch gespensterhaftem Schein.

SARA: Ich ersticke! Ach, das kurze jäh aufzuckende und blendende Licht des Blitzes zeigt mir das Innere meines Herzens. Wie Bilder erkenne ich meine Gedanken vor meinen Augen. Ich sehe, wie sehr ich mich durch niedere und feige Gelüste prostituiert habe. Wird der Tod mich von den Sünden meines Lebens reinigen?

DER GREIS: Mein Kind, mein Kind, blicke deinen Vater an... Du weißt nicht, wie sehr ich dich liebe.

SARA: Doch, ich weiß es.

DER GREIS: Ich liebe dich, um daran zu sterben. Ich liebe dich, wie man seinen Gott liebt.

SARA: Das Gold ist dein Gott.

DER GREIS: Das Gold? Würde ich nicht all mein Gold hingeben, dir eine Stunde des Lebens zu erkaufen? Du weißt nicht, was ich gelitten habe, wenn meine Leidenschaft für dich und die für das Gold miteinander kämpften und mein Herz zerrissen. Welche Marter habe ich da kennengelernt. Ich wollte – und dann wollte ich wieder nicht – ach, und immer wieder hat meine Goldgier den Sieg über meine eifersüchtige Liebe davongetragen. Denn ich war eifersüchtig auf deine Liebhaber, obwohl ich wußte, daß sie nichts anderes als deine Lippen berühren durften, ich war zum Sterben eifersüchtig, war so eifersüchtig, daß ich frohlockte, wenn wieder einer das Opfer meiner Wissenschaft geworden. Ihr Tod befriedigte meinen Geiz und meinen Haß.

SARA: Das Gold! – Ja, beim höchsten Gott, das ist der Name des Inbegriffs alles Bösen. Ja, meine Liebhaber, die nun in der Erde ruhen und von denen mich kein einziger besessen hat. Denn ich bin Jungfrau geblieben und der hochzeitliche Tag ist nicht für mich erschienen, meine Liebhaber haben alle sterben müssen!... Und doch – ich habe sie reiche Genüsse kosten lassen – sie sind nicht zu beklagen...

Wo seid ihr, die ihr mich so sehr geliebt und die ihr es so teuer bezahlt habt? Wo seid ihr? Denkt ihr noch an mich? Liebt ihr mich noch?

Ich habe euch meinen Mund geschenkt, meinen süßen Mund und den duftigen Atem meiner jungfräulichen Brust – den Biß meiner weißen Zähne, meine seidenweichen Lippen, die berückend wollüstige Berührung meiner Zunge, ja, ihr habt den ganzen berauschenden und todbringenden Zauber meines vergifteten Mundes genossen... Dann aber sah ich euch hinsiechen unter unerhörten Qualen und Schmerzen – die ich nun auch alle kennengelernt habe. Ach, ich verfolgte euer Leiden, die Schwindelzustände, das Hinschwinden eurer Kräfte mit angsterfülltem Herzen, ich litt mit euch, denn ich bin weich und mitleidig... Dennoch aber schmückte ich mich mit den Juwelen, die ihr mir gebracht, und ohne Entsetzen sah ich, wie der Greis das Gold, den Preis seiner und meiner Sünde, zählte, denn die Seele einer Frau ist schwach, unbeständig und eitel... Wo seid ihr, wo weilt ihr nun, meine Liebhaber? Ich rufe euch in der Nacht, in der eure Schatten zerstreut sind. Erhebt euch beim Klang meiner Stimme! Kommt alle zu mir!... Es ist eure Geliebte, es ist Sara d'Hellemone, die euch an ihr Totenbett ruft... Steigt herab aus dem Dunkel der Nacht und zeigt euch vor meinen Augen, ehe diese durch den Willen der höchsten Macht geschlossen werden.

DER GREIS: Oh, jetzt erkenne ich, daß es das Laster des Geizes ist, das mich der Hölle zugeführt hat! Was kann ich jetzt tun? Wohin soll ich mit meiner Verzweiflung flüchten?

Schon in der Vergangenheit waren die Genüsse, die mir der Besitz des Goldes verschaffte, nichts im Vergleich mit den Qualen, die das Erringen des Mammons mir bereitetete. Kein Schmerz, keine Wut sind mit dem Schmerz und der Wut zu vergleichen, die mich verzehrten, wenn ich Sara allein wußte mit denen, die mich eben dafür bezahlt hatten, deren Gold meine Kasten füllte... Ich hielt mich hinter der Tür verborgen und versuchte zu horchen, ich schäumte vor Wut und wagte es doch niemals, einzutreten, weil die Goldgier mich zurückhielt... Wenn aber dann diese Männer erkrankten und unter namenlosen Qualen starben, dann, ja dann habe ich gejubelt und große Freude empfunden.

Keine Liebe läßt sich mit der Liebe vergleichen, die ich für sie empfinde. Ich bete das holde Wunder ihres reizenden Gesichtes an. Ein wollüstiger Schauer erfaßt mich, wenn ich ihres jungen Körpers gedenke, den ich manchmal während ihres Schlafes belauscht habe. Oh, wie habe ich gebebt, wenn die sie deckenden Spitzen und Seidenstoffe manchmal zurücksanken und mir ihre schöne Brust, die vollendete Form ihres Beines oder die Wellenlinie ihrer Hüfte enthüllten, ach, und manchmal sogar mehr! Wie ein brünstiges Tier habe ich da ihr Lager umkreist. Mein wütendes, niemals eingestandenes Begehren hat den Duft deines Fleisches eingesogen, meine versengenden Blicke haben an deinem jungfräulichen Leib gehangen.

SARA: Ja – ich habe dich gesehen...

DER GREIS: Es hat Stunden gegeben, wo meine geile Begierde mich so übermannte, daß ich dich hätte zerreißen mögen. Dann aber wieder kamen Stunden, in denen ich mir meines grenzenlosen Elends, meiner ruchlosen Leidenschaft voll bewußt wurde, wo ich mich selbst verachtete und feige geweint habe, ohne hoffen zu können, dadurch mein von Schmerz, Liebe und Ekel übersättigtes Herz erleichtern zu können.

SARA: Ach – die Sonne! Die Sonne ist tot! Das Abendrot ist im Meer versunken, und düstere Nacht bedeckt den Himmel. Wie der Sturm durch die Nacht tobt! Grelle Blitze durchzucken die Luft, der Donner rollt. Dann aber ist der Sturm vorüber. Es ist Morgen, o warum hat kein Regenbogen die Morgenröte begleitet? Warum hat das Zeichen der Versöhnung nicht seine schimmernde Brücke gespannt? – Ach, es gibt keine Versöhnung für die armen Seelen, die vom Dunkel der Sünde umhüllt sind, den Verworfenen leuchtet keine Morgenröte, kein Regenbogen.

DER GREIS: Der Tod! Der Tod!!... Ist es denn möglich, daß sie stirbt?

SARA: Ach, wie das auf mich eindringende Dunkel mich erschreckt! Und weh mir, es ist von traurigen Geistern erfüllt. Es sind die Schatten meiner Opfer, die Schatten aller jener, die Leid tragen, weil sie so jung gestorben sind, ohne das kennengelernt zu haben, was zu kennen ihre Bestimmung war. Ihr Lebensfaden wurde jäh durchschnitten, und sie schreien deshalb nach Rache. Oh, welche Qualen werden sie ihren Mördern auferlegen? Ich aber bin eine von denen, die Buße tun müssen.

DER GREIS: Sollte die Macht des Todes sich durch Gold er-

weichen lassen? Sollte es mir gelingen, ihn zu erweichen, indem ich seiner Goldgier fröne, sollte er nicht vielleicht doch den menschlichen Wesen gleich sein, die dem Meistbietenden gehören?
Ach, ich könnte ihm ein Lösegeld im Werte eines Königreiches geben.

Er stürzt an ein neben dem Bett in der Wand eingelassenes geheimes Spind und öffnet es hastig. Er ergreift einen Sack mit Gold. Eine Kassette fällt auf das Bett, sie springt auf, und es entgleiten ihr eine Fülle köstlicher Schmuckgegenstände und Juwelen. Der Greis läuft an das Fenster und reißt es weit auf. Ein Windstoß macht die Flamme der Lampe flackern. Die Nacht ist sehr dunkel und wird nur ab und zu durch das Aufleuchten greller Blitze erhellt. Durch das geöffnete Fenster dringt eine drückende Hitze. Der Greis neigt sich weit hinaus, ergreift Hände voll Gold und schleudert es mit wütender Gebärde in die Nacht hinein, dabei schreit er heftig:

Der Greis: Für euch, ihr Mächte der Finsternis und des Schattens! Für euch, ihr zuckenden Blitze und tobenden Stürme. Für euch, ihr perversen Kräfte, die ihr im unergründlichen Nebel und Dunkel verborgen haust.
Hier ist Gold, hier ist Gold, hier ist Gold!

Indessen hat Sara die aus der Kassette gefallenen und auf ihrem Bett liegenden Schmuckstücke bemerkt. Sie richtet sich mühsam auf und zieht sie an sich. Sie betrachtet sie und läßt die Diamanten im Licht der Lampe funkeln. Zuerst mit halber Stimme, dann lauter sprechend, beginnt sie folgendermaßen:

Sara: Hier ist, was mir auf dieser Erde das Teuerste gewesen ist. Hier ist mein göttlich schöner Schmuck. Hier meine wunderbar fein gearbeiteten Goldspitzen, deren Blumen feiner gebildet sind als die Eisblumen, die der Winter auf die Fensterscheiben malt. Hier sind all meine Edelsteine, die blutroten, die meerfarbenen und die himmelblauen. Oh, ich bete euch an, ihr meine auserwählt herrlichen Steine und wunderbaren Kleinodien. Ihr seid die Sterne unterirdischer Welten, seid Blumen, die niemals verwelken; in den verschiedenen Nuancen der Farbtöne, in denen ihr leuchtet, in der feinen Kunst, mit der ihr gefaßt seid, erblicke ich den Inbegriff aller Schönheit.

Sie öffnet ihre schwarzseidene Tunika und umgibt ihren Hals mit köstlichen Ketten und Halsbändern, deren Perlen und Diamanten bis auf ihren Busen herabhängen. Sie schnallt einen goldenen, reich mit Edelsteinen geschmückten Gürtel um ihre Taille, legt Spangen um ihre Arme und bedeckt ihre bleichen Hände mit Ringen. So sitzt sie mit aufgelöstem Haar, halb aufgerichtet, und ihre Schönheit wird abwechselnd vom Schein der Lampe und dem der Blitze beleuchtet.

SARA: Alle diese Kleinode sind für mich! Aber es gibt keinen Luxus, kein Juwel, das meiner Schönheit würdig wäre. – Es war mein erster Liebhaber, der das gesagt hat! Er war jung und schön, und ich habe ihn geliebt. Ja, ich habe ihn geliebt! Ich habe sie alle bis zum Wahnsinn geliebt, und es ist deshalb, daß sie sich an meinen vergifteten Mund gedrängt haben. Du weißt es, allmächtiger Richter, daß ich unschuldig bin. Es ist der Greis, der all dies vollbracht hat. Ein Weib ist doch nicht fähig dazu, den, den sie liebt, den Tod von ihren Lippen trinken zu lassen. Es ist der Greis, der mich dazu verdammt hat!... Derselbe alte Mann, der jetzt mit goldgefüllten Händen vor mir steht... Wer bist du? Was willst du von mir? Mich, mich? Ja, ich bin käuflich!... Ich bin dein, wenn du mir deine Juwelen gibst... Du wirst aber auch dein Gold geben müssen, damit mein Vater dich zu mir hereinläßt.... Aber all diese Schmuckstücke sind für mich... Ist es dir zuviel? Beraube dich nicht. Ich bin jung, schön und ich bin Jungfrau... Willst du meine Schönheit sehen, und möchtest du sie besitzen?... Deine Kleinodien haben meine Wünsche befriedigt, es ist also nur gerecht, wenn ich die deinen erfülle!
...Blicke her, diesen Körper, den noch kein Mann genossen hat, ich schenke ihn dir am Rande des Grabes!

Sie schlägt die Bettvorhänge zurück und zerreißt von oben bis unten ihre Tunika, die jetzt nur noch durch den Gürtel um ihre Taille gehalten wird; sie zeigt sich vollständig nackt.

SARA: Sieh her, und nimm die Blumen meiner Brüste, die Blumen meines Mundes und meines Körpers, nimm meine jungfräuliche Umarmung für deine Juwelen!... Willst du mich nicht besitzen? Bin ich dir nicht schön genug?... Aber nein, du wagst es nicht... Hast du Angst vor mir?... Alles, was man dir von mir erzählt hat, ist erlogen. Keiner meiner Liebhaber ist gestorben... aber außerdem, was bedeutet der Tod, wenn es die Wollust ist, die ihn herbeiführt? – Komm, komm zu zu du weißt es nicht, welche Wonnen ich dir spenden werde. Ich kann küssen, daß du vor Schmerz und Freude erbebst. Ich kenne Liebkosungen, die stärker sind als alle Macht, als alle Schwäche. Keine Kurtisane weiß mehr von der Liebeskunst... Ich habe so viele Liebhaber gehabt...

DER GREIS: Verschleiere dich, verschleiere dich! Der Anblick deines Körpers macht mich wahnsinnig.

SARA: Zu Hilfe! Das Gold verbrennt mich! Es ist das Blut all meiner Liebhaber. Es ist das Blut all derer, die durch mich gestorben und die nun aus dem Grab gestiegen sind, um sich zu rächen.
Oh, die Todesqual! Ich habe sie angerufen, und nun kommen sie, steigen auf aus ihren Grüften, aus der Tiefe des Mysteriums, und sie alle sind haßerfüllt.

Eine seltsame, mit phosphoreszierenden Wolken erfüllte Helligkeit verbreitet sich im Zimmer, es hat beinahe aufgehört zu blitzen, aber es ist, als hinge ein unheimlich leuchtendes Leichentuch über allen Dingen. Einzelne schwere Regentropfen lösen sich langsam aus den Wolken. Der Greis ist auf die Knie gesunken und blickt angsterfüllt auf seine Tochter, die nackt und sterbend vor ihm liegt. Sie röchelt und windet sich in namenlosen Qualen. Sie enthüllt ihre intimsten Reize. Und aus den Wolken lösen sich plötzlich Schatten, drohende Gespenster, und umgeben das Bett.

DIE SCHATTEN: Sara, Sara, wo sind deine Liebesschwüre? Erkennst du die Verlobten deines Lebens, deine Liebhaber, die du vergiftet hast?... Jetzt gehörst du uns...

SARA: Erbarmen, ich sterbe. Ich habe euch alle geliebt, ich bin eure Geliebte gewesen... Ihr habt meine Liebkosungen genossen, ihr seid an eurer eigenen Wollust gestorben! Werdet ihr mir niemals vergeben?

ERSTER SCHATTEN: Wie schön sie ist! Ach! Ich erinnere mich des Tages, an dem ich zum ersten Male ihren wunderbar schönen Hals geliebkost habe!... Eingenestelt in ihr Haar, ruhend auf ihrer Brust, habe ich himmlisch schönen Schlummer genossen.

ZWEITER SCHATTEN: Sara, ich habe niemals eine andere geliebt als dich. Deine Augen waren die Sterne meines Lebens, sie sind wie ewige Lampen, die mein Grab erhellen.

DRITTER SCHATTEN: Dein süßer Mund hat mich mit einer unendlichen Sehnsucht erfüllt, die stärker ist als das Leben. Ich betete deinen Mund an! – Ich bin zu früh gestorben.

VIERTER SCHATTEN: Erinnerst du dich meiner?
Ich bin der Knabe, der sein Haupt auf deine Knie legte und die

Lippen auf deine Hand preßte... Du warst meine Freundin und Schwester, an dem Tag, wo böse Gelüste in mir aufstiegen, bin ich gestorben – das war gerecht...

EIN ANDERER SCHATTEN: Ich bereue nichts. Es war mir wie ein Opiumtraum, als ich dich nackt gesehen. Als ich deine Lippen küßte, da wußte ich, daß ein solcher Genuß den Faden meines Lebens durchschneiden mußte...

EIN ANDERER: Ich bete dich an, Sara, ich schwelge in der Erinnerung an unsere Liebesstunden. Du warst wunderbar in deiner Wollust. Du warst wie von einem heiligen Wahnsinn ergriffen; tiefe, aus dem Herzen kommende Seufzer entrangen sich deinen Lippen. Du wurdest vor Leidenschaft ohnmächtig unter meinen Liebkosungen, und dein Fleisch zitterte unter meinen heißen Küssen vor Lebensfreude. Ach, meine Torheit war, daß ich dann deine Küsse suchte...

ALLE SCHATTEN: Oh, Vielgeliebte, du bist schön – und wir beten dich an. Komm zu uns.

DER GREIS: Fort von hier, fort von hier, verfluchte Geister, Liebesräuber. Fort von hier! Sie hat mich verraten, aber lebend oder tot, jetzt ist sie mein.

SARA: Zurück, alter Mann. Du wirst niemals mein Liebhaber sein. Der, dem ich angehören soll, steht vor mir. Ich sehe ihn, aus dem Dunkel des Grabes ist er hervorgekrochen. Er naht, er wird meinen Körper und meine Seele besitzen, er wird sich meiner stolzen Schönheit erfreuen. Er ist mein Meister. Mit geiler Gier wird er sich über mein Fleisch hermachen!... Es ist der Grabeswurm. Mir ist, als fühlte ich schon, wie er in mich eindringt, Fiber auf Fiber benagt – meine Haut verschrumpft unter seinem Kuß. Meine Augen versinken im Kopf... O werdet ihr mir nicht zu Hilfe eilen, ihr, die ihr mich so sehr geliebt habt? Gibt es keine Rettung für mich?... Ich gehe zu ihm!... Ich sterbe.

Sie sinkt auf ihr Lager zurück, der Greis stürzt sich auf die verhängnisvoll schöne Gestalt, die seine Tochter gewesen ist, aber er wird von den Schatten zurückgedrängt, sie ergreifen Sara, und sie vor irdischer Verwesung und dem Grauen des Grabes rettend, tragen sie die, die sie alle so sehr geliebt, durch das reinigende Feuer der gütigen großen Nacht zu, die sich aller Sünder erbarmt.

Dann fällt plötzlich mit ernstem, harmonischem Geräusch und einen köstlich belebenden Duft mit sich führend der Regen in Strömen vom Himmel herab. Der Greis atmet auf. Das Schicksal gewährt ihm einen Augenblick des Vergessens – aber diese Gnadenfrist ist eine sehr kurze. Denn nun erkennt er plötzlich, daß das Geschehene nicht wieder gutzumachen ist, und aus der Erkenntnis seiner Verbrechen, aus dem Bewußtsein ihm drohender Strafen und Bußen ersteht ein mächtiges Phantom, das Herr über den Alten wird. Der alte Mann verfällt der Macht der Finsternis, und es gibt keine Leiden und Qualen, die sich mit seinem entsetzlichen Los vergleichen ließen, denn der Name des Geistes, der ihn beherrscht, ist die *Furcht*.

Der wahre Sieg

»Und ich kämpfte verzweifelt mit dem schrecklichen Azraël --«
Edgar Allen Poe: Ligeia

Es war in der Nacht; auf dem einsamen Kai schritt ein gänzlich von einem schwarzen Mantel umhüllter Wanderer den Fluß entlang.

Rechts am Fuße der das Ufer begleitenden Mauer entlang floß das Wasser tief und ruhig wie das eines Kanals dahin. Hier und dort stieg eine schräg herabführende Treppe zu dem Fluß hinunter. Von den verankerten Schiffen leuchteten Stocklaternen wie rote Sterne. Das gegenüberliegende Ufer war nur durch die entfernten Flecke gelblich brennender Laternen und einiger erleuchteter Fenster unsichtbarer Häuser erkennbar.

Links wurde der große Kai durch alte Herrenhäuser begrenzt. Ihre Fassade war grau, ihre Türen mit eisernen Riegeln gesichert; die meisten der hohen, schmalen Fenster waren düster oder durch Läden geschlossen, nur selten drang ein Lichtschimmer durch die dichten Vorhänge oder die Spalten der Jalousien, hier und dort nur sah man in ein halberleuchtetes feierliches Zimmer mit ernsten Ahnenbildern und altmodisch geschweiften schweren Eichenmöbeln. Die Mehrzahl dieser alten Patrizierhäuser waren von sie untereinander trennenden Gärten umgeben, über deren zerfallende Mauern die Äste der Bäume neugierig auf den Vorübergehenden zu blicken schienen. Von eisernen Trägern herabhängende Laternen verbreiteten ein mattes Licht. Hier und da verrieten das über der Tür angebrachte Wappenschild sowie der vornehme Anblick und die Größe des Gebäudes, daß dies das Stammhaus einer der edelsten Familien der alten Stadt sei.

Die Nacht war herabgesunken; es war eine neblige kalte Novembernacht, die bleifarbenen Wolken jagten wie eine vom Sturmwind getriebene phantastische Herde über den düsteren Himmel.

So lag dieser alte Stadtteil geheimnisvoll und in ungestörter tiefer Ruhe im Schatten der Nacht.

Dem schnell dahinschreitenden einsamen Wanderer schienen dies alles längst bekannte Dinge zu sein, er beschleunigte seinen Gang noch mehr. Jetzt überschritt er eine Brücke und blieb dann vor der Schwelle eines schmalen Hauses stehen, dessen mit Eisenzierat geschmückte Tür er mit einem Schlüssel öffnete. Er betrat einen geräumigen Flur, der durch eine von der Decke hängende, rötlich schimmernde Lampe erhellt war. Im Hintergrund erhob sich eine breite Treppe mit bequemen Stufen. Er stieg hinauf und erreichte die dritte und letzte Etage des Hauses. Vor einer mit feinen Holzskulpturen geschmückten gewölbten Tür, über der eine Lampe brannte, angekommen, klopfte er dreimal. Ein Augenblick verstrich. Er klopfte noch einmal und nahm, als er aus dem Innern das Geräusch schlürfender Schritte vernahm, Hut und Mantel ab. Das matte Licht der Lampe fiel auf sein Gesicht, es war sehr bleich, während die Augen, die Augenbrauen, der Bart und das Haar tiefschwarz waren. Jetzt wurde in der Tür ein kleines Guckfensterchen geöffnet, und dann vernahm man das Geräusch zurückgezogener Riegel und Ketten.

Er trat ein; vor ihm stand eine alte Frau, die einen Beguinenmantel und ein Kleid aus grobem Wollstoff trug. Sie nahm dem Ankömmling Hut und Mantel ab; er war ganz schwarz gekleidet, und an seinen weißen Händen, von denen er die Handschuhe abzog, funkelten reich mit kostbaren Steinen gezierte Ringe.

Er strich das lange, über seine Stirn fallende schwarze Haar zurück und sah die Alte fragend an.

»Ja«, sagte die alte Frau, »ja, sie harrt Ihrer in ihrem Leichentuch. Aber warum soll ich Ihnen das jedesmal wiederholen? Ach, wissen Sie denn nicht, daß sie Ihrer immer in ihrem Leichentuch harrt? Daß sie immer bereit ist und daß ich armes altes Weib sie immer dazu vorbereite, wofür ich ganz gewiß jahrhundertelang in der Hölle schmachten muß, in die Sie aber auch unbedingt kommen... Aber wer vermöchte Ihnen zu widerstehen... und warum sage ich Ihnen das? Sie hören ja kaum auf meine Worte... Nehmen Sie sich aber in acht – es könnte sich doch ereignen, daß dieses Spiel eines Tages zur vollen Wahrheit würde.«

Ohne ihrer Rede auch nur die geringste Aufmerksamkeit zu schenken, ging der Gast an der Alten vorbei. Er begab sich in ein kleines Toilettenzimmer, dessen Spiegelwände durch hohe Wachskerzen erhellt wurden. Er entkleidete sich, legte ein langes Gewand von weicher, schwarzer Seide an, parfümierte sich und verließ das Gemach.

Er schien in großer Aufregung zu sein, denn er war noch bleicher als vorher; er preßte die Lippen fest aufeinander, und seine Hände zitterten. Das Opium, das er, ehe er hierher gekommen, genommen hatte, übte seine Wirkung aus, verwirrte sein Gehirn und erfüllte ihn mit glühend-phantastischer Begierde.

Jetzt befand er sich in einem viereckigen Zimmer, das mit großen Diwans und Möbeln von Ebenholz ausgestattet war. Mattlila, mit silbernen Blumen bestickte Seide bekleidete Wände und Decke, und auch die Fenster und Tür verhängenden Vorhänge bestanden aus demselben Stoff. Rechts stand ein großer Spiegel, links eine Standuhr, die jedoch nicht ging; große Bronzevasen waren mit Rosen gefüllt. Der den Fußboden bedeckende Teppich entsprach der Farbe und dem Muster der Draperien. Auf einer Konsole stand eine mit mattlila und rosa Schleiern verhangene Lampe, die ein dämmriges Licht verbreitete.

Der Mann ging dem Hintergrund des Zimmers zu, schob die Vorhänge auseinander und enthüllte einen tiefen, mit weißem Samt ausgeschlagenen Alkoven, der beinahe ganz von einem Bett von Elfenbein eingenommen wurde, dessen Spitzenkissen, Seidendecke und Batistlaken von makelloser Weiße und Reinheit waren.

Auf diesem Bett lag eine junge Frau von überraschender Schönheit.

Die schneeweiße Seidensteppdecke war bis unter die Brust heraufgezogen, deren zarte Wölbung unter einer sie fest umschließenden Tunika von silberweißer Seide deutlich erkennbar war. Der schlanke Hals war von einer dreireihigen Perlenkette umgeben, ihr Haar von einer weißen Seidenbinde umhüllt, die auch das Gesicht umrahmte und dessen durchsichtige Blässe noch erhöhte. So lag sie starr, bewegungslos und mit gekreuzten Händen da; es schien, als ob kein Atemzug ihre Brust schwelle. Das Bett war mit weißen Rosen bestreut, auf ihrer Brust lag ein elfenbeinernes Kruzifix. Der milde Schein einer silbernen Nachtlampe fiel auf das schöne Weib. Die Luft des Alkovens war sehr warm und mit starken Wohlgerüchen erfüllt.

Der nächtliche Gast betrachtete die junge Frau, und ein ungeheurer Schmerz, der mit heißem sinnlichen Verlangen gepaart war, erfüllte seine Brust, denn seine Geliebte war über alle Begriffe begehrenswert, und sie bot das vollkommene Bild des Todes! Es schien, als ob diese langgeschnittenen Augen nie wieder ihre durchsichtigen Lider aufschlagen, als ob diese nicht ganz geschlossenen Lippen, hinter denen perlweiße Zähne schimmerten, sich nie mehr zum Kuß öffnen, die nackten, von Perlen umwundenen Arme nie die gekreuzten Hände lösen könnten, um den zu umarmen, den sie liebte – den sie geliebt hatte.

Hatte sie nicht unter dem matten Schimmer dieser Lampe den letzten Seufzer ausgehaucht? Waren die über ihr Lager gestreuten Blumen nicht Todesblumen? Sollte sie nicht das auf ihrer Brust liegende Kruzifix mit in das Grab nehmen, hatte man sie nicht zu ihrer Vereinigung mit dem Todesengel geschmückt? Er warf sich vor dem

Bett auf die Knie und ließ seine leidenschaftlichen Blicke auf der Geliebten ruhen. Die Wirkung des Opiums, die in dem Alkoven herrschende Hitze und der starke Duft erregten einen schwindelnden Taumel in ihm. Er verlor allmählich das Bewußtsein der Wirklichkeit. Eine tiefe Verzweiflung erfüllte sein Herz, während gleichzeitig ein glühendes sinnliches Verlangen in ihm erwachte, das mit jeder Sekunde wuchs. Er weinte. Er hatte eine der Hände des jungen Weibes erfaßt, er küßte und liebkoste ihren nackten Arm. Die Gefühle der Verzweiflung, der Liebe, der Wollust drängten auf ihn ein.

Jetzt hatte er die ihre Stirn und das Gesicht umgebende weiße, ihre schwarzen Locken verhüllende Seidenbinde gelöst. Er betrachtete dieses schöne Gesicht, und eine plötzliche Hoffnung erfüllte sein Herz, eine Hoffnung, die zugleich sein sinnliches Verlangen erhöhte und in ihm den frevelhaften Wunsch erweckte, die Geliebte sofort zu besitzen. Er warf sich neben sie auf das Lager, er küßte ihre leicht geöffneten Lippen, er umschlang leidenschaftlich den holden zarten Körper. Ihre gelösten Locken fielen über die Spitzen ihres Kissens, und die aufgerissene Tunika enthüllte ihre geheime Schönheit. Er dachte: »Was kümmert mich das Morgen? In dieser Nacht noch ist sie schön, sie gehört mir ganz, und ich liebe sie so sehr, daß ich den Tod besiegen werde.«

Und in einem wollüstigen, durch die Wirkung des Opiums erhöhten Delirium besaß er sie. Da geschah es, daß sich ihre Lippen leise öffneten, um seine Küsse zu erwidern, daß sie ihre Arme ausstreckte, um ihn liebevoll zu umfangen, daß wollüstige Tränen sich durch ihre Wimpern stahlen und daß ihre großen, klaren Augen sich weit öffneten! Und ihr ganzer göttlich schöner Leib hauchte einen berückenden Liebesduft aus.

Der Mann aber, als er das Leben unter seinen glühenden Küssen erwachen fühlte, gab sich einer schrankenlosen Wollust hin. Ein unerhörter Stolz machte seine Brust schwellen, er dachte: »Meine Liebe ist es, die sie aus dem Grab gerettet hat. Noch einmal habe ich sie zum Leben erweckt! Noch einmal! – Ich bin der Herr des Todes.«

Und wie in dieser Nacht, so hatte dieser Mann es schon viele Nächte lang getrieben. Trunken von Opium, war er in diesen weißen Alkoven gedrungen, wo das arme junge Weib im ganzen Glanz ihrer Jugend und Schönheit wie eine Tote aufgebahrt lag und seinem Kuß entgegenharrte. Er wiederholte dieses seltsame Spiel noch mehrere Male, denn es war erst am letzten Abend dieses Jahres, daß er zum letzten Male kam.

Es schneite, und die Nacht war sehr dunkel. Die weichen Schneeflocken hüllten alles in jungfräuliches Weiß. Sie stürzten sich lautlos in das schwarze Wasser des Flusses, der still wie ein Kanal dahinglitt. Tiefe Ruhe lagerte über dem alten Stadtteil.

Er schritt durch das Schneegestöber hin; das Opium, das er heute besonders reichlich genossen hatte, ließ seltsame Visionen vor ihm erstehen.

Er überschritt die Brücke, drang in das Haus, ging die Treppe hinauf. Er klopfte und wurde wie gewöhnlich von der alten Frau eingelassen. Sie schien angsterfüllt und aufgeregter als gewöhnlich zu sein. Aber der nächtliche Gast war so von seinen Gedanken eingenommen, daß er dies nicht bemerkte.

Sie sagte: »Was, Sie sind es?... Ich hoffte, daß Sie heute nicht kommen würden... Ich weiß nicht, warum ich dies hoffte, denn ich weiß sehr wohl, daß sie Sie in dieser Nacht erwarten sollte, und ich weiß auch, daß Sie dann immer kommen.

Aber heute dürfen Sie nicht zu ihr gehen... Sie liegt wie sonst aufgebahrt und in ihr Leichentuch gehüllt, bereit, zum Grabe geführt zu werden – nur – daß sie heute abend wirklich tot ist. Sie ist vor ganz kurzer Zeit gestorben, ach, mein Gott, vor ganz kurzer Zeit! Und ich armes altes Weib habe sie aufgebahrt wie sonst, aber ach, Sie und ich werden der ewigen Verdammnis anheimfallen, wenn ich Ihnen heute den Eintritt zu ihr gewähre. Und doch, ich weiß es, meine Worte sind vergebens... Sie hören mich gar nicht an und werden zu ihr gehen, denn wer könnte Ihnen widerstehen? Aber verstehen Sie wohl, was ich Ihnen sage, an diesem Abend ist es Wahrheit!«

Er hörte wirklich nicht auf das, was die Alte sagte, und schritt an ihr vorüber. Sie blieb klagend zurück. Er betrat das lila Zimmer und schob die Vorhänge des Alkovens zurück. Alles war genauso geordnet, wie es sonst zu sein pflegte.

Das junge Weib ruhte, vom matten Schein der Silberlampe bestrahlt, regungslos wie eine auf einem Grab liegende marmorne Statue. Sie war bleich wie eine solche und ebenso unbeweglich. Sie war so, wie er sie immer gefunden hatte. Wenn ihre Lippen weniger rosig, ihre Augenlider noch weißer, ihre nackten Arme, trotz der drükkend heißen, mit Wohlgerüchen geschwängerten Luft, kälter waren als sonst, so bemerkte ihr Geliebter dies nicht. Und er tat, wie er immer getan, er suchte und fand zuerst eine tiefe Verzweiflung und dann wurde er von glühendem Verlangen erfaßt.

Sie lag in seinen Armen, er bedeckte sie mit glühenden Küssen. – Aber er versuchte vergebens, seine Lippen mit diesem bleichen Mund zu vermählen, sie wollten sich nicht öffnen. Vergebens bedeckte er ihren schönen Körper mit wollüstigen Liebkosungen, sie zitterte nicht, und ihre Arme wollten sich nicht um ihn schlingen. Die durchsichtigen Augenlider hafteten fest auf den großen, blauen Augen, ihre kleinen Füße waren kalt wie Eis. Ihre Glieder wurden immer steifer, kälter und schwerer, und ihrer Schönheit blieb unwiderruflich der Stempel des Todes aufgedrückt, des Todes, den sie den perversen Gelüsten dieses seltsamen Mannes zuliebe so oft simuliert hatte.

Vielleicht war es, weil er in dieser Nacht trotz seiner wollüstigen Liebkosungen sie nicht stark genug zu lieben wußte? Vielleicht, weil sie, die so oft den Tod gespielt, endlich neugierig darauf geworden war, ihn wirklich kennenzulernen, oder auch, weil sie, des schrecklichen Spieles müde, wirklich starb, um demselben ein Ende zu machen – gewiß ist, daß der unglückliche Mann bald genug zu der Erkenntnis kam, daß die Worte der Alten, die er mißachtet hatte, keineswegs trügerisch, sondern volle Wahrheit gewesen waren. Er erwachte aus seinem Taumel und erkannte nun erst, was wahre Verzweiflung und Schmerz über einen unersetzlichen Verlust bedeuten! Alles sinnliche Begehren war verlöscht und erstorben...

So geschah es, daß die letzten Fäden, die diesen Mann noch an das Leben knüpften, zerschnitten wurden. Er schob den Stein eines seiner Ringe zurück und nahm das furchtbare, sofort tötende Gift heraus, das darin verborgen war. Noch einmal umarmte er sie, die jetzt nicht mehr den Tod log... Er küßte ihre Lippen, die er so sehr geliebt hatte. Und sein müdes Haupt sank im letzten Taumel, der letzten Trunkenheit auf ihre nackte Brust...

Der Todesengel aber war es, der den letzten, den wahren Sieg davontrug...

Die Szene stellt einen Straßenbahnwagen dar, der während einer Winternacht schnell seinen Weg durch ein seltsam exzentrisches Stadtviertel nimmt.

Dieser Straßenbahnwagen ist ungeheuer groß, ganz gelb und wird durch Elektrizität in Bewegung gesetzt. Er fährt mit donnerähnlichem Geräusch dahin, Blitze umzucken ihn, und bei den Wegwendungen umgibt ihn das Geheul wütender Windstöße.

Das Innere des Wagens ist folgendermaßen besetzt: Nach rechts von der Mitte ausgehend: ein junger Ladengehilfe; – ein Mann, der schläft; – zwei Nonnen, die ihre Rosenkränze beten; – eine sehr dicke, gut gekleidete Dame, die mit den Fingern in der Nase herumbohrt.* Diese dicke Dame, die breit und behäbig dasitzt, nimmt nicht nur ihren eigenen Platz ein, sondern auch den größten Teil des Platzes ihres Nachbarn, eines schüchternen jungen Mannes, der sich weder zu rühren noch zu beklagen wagt, obwohl er förmlich eingekeilt ist, da er von der linken Seite von den Waffen des Soldaten, als siebentem und letztem Reisenden der rechtsseitigen Serie, gestoßen wird.

Die Serie der linken Seite beginnt mit einer jungen Modistin, die auf dem Heimweg zu ihrer Mutter ist; ein ziemlich zerlumpter Bengel, der ganz in die Lektüre eines politischen Blättchens niedrigster Ordnung vertieft ist; eine brave Familienmutter mit einem Marktkorb und einem Kind von vier Jahren. Neben dem Kind sitzt dann der Trottel der Omnibusse und endlich der alte Herr, der überall Beschwerde führt.

Vorne, durch dicke Scheiben isoliert, steht der Führer des Wagens, auf dem eine große Verantwortung ruht, auf der Plattform; er ist mit einem Pelzmantel bekleidet und kämpft gegen die Macht der Elemente.

Hinten hält sich der Kondukteur auf; er ist ein Kind des Volkes, trägt ein Käppi und hat Gummihandschuhe an. Manchmal macht er die Runde durch den Wagen und verteilt kleine Fahrscheine, mei-

* Dieser widerwärtige Sport, der früher nur das Vorrecht unerzogener Kinder war, die es nicht besser wußten, verbreitet sich immer mehr auch unter Erwachsenen, die sich demselben an öffentlichen Orten und sogar in besseren Salons hingeben und dadurch alle Gesetze des Anstandes verletzen und bei ihren Nachbarn Ekel und Widerwillen erregen.

stens aber tauscht er meteorologische Bemerkungen mit dem unerschrockenen kühnen Reisenden aus, der hinter ihm steht, eine Zigarre raucht und der zu jenen tapferen Leuten gehört, die ihren Stolz darein setzen, vor nichts Angst zu haben, was ungefährlich ist.

Auf dem Verdeck des Wagens halten sich die Reisenden zweiter Klasse, Enterbte der Gesellschaft, auf, die sich zuweilen dadurch in Erinnerung bringen, daß sie, um nicht starr vor Kälte zu werden, mit den Füßen trampeln; außer diesem Geräusch vernimmt man den dumpfen Lärm des Propellers, das Murmeln der Nonnen, die ihren Rosenkranz beten, das Schnarchen des schlafenden Mannes. Das Kind ist ganz artig.

Es ist sehr kalt, der Schnee fällt in dichten Flocken, und der Wind heult.

Erste Szene

Der Wagen hält an einer Station, einem verlorenen Posten, der an der Grenze der bewohnten Welt liegt. Ein wild aussehender Kontrolleur, der verschlafen aussieht und vor Kälte zittert, kommt wütend aus seinem warmen Wigwam gestürzt, wechselt ein paar kabbalistische Zeichen mit dem Kondukteur, fragt den Soldaten, ob er wohl eine Militärperson sei. Niemand steigt ein oder aus. Der Wagen fährt weiter.

Pause.

Dann singt der Trambahnführer:

DER TRAMBAHNFÜHRER: Voran! Voran, immer voran! Dies ist die letzte Station. Jetzt werde ich niemals mehr anhalten. Ich habe endlich genug davon, immer den Weg hin und zurück zu machen. Denkt man mich für das lächerlich kleine Gehalt, das ich beziehe, zum Sklaven machen zu können? Nur zu lange habe ich meine Leidenschaften gezügelt. Jetzt endlich will ich das Leben in meiner Weise genießen. Ich werde bis an das Ende der Welt mit meinem Wagen fliegen. Voran, voran, voran!

Er erhöht die Schnelligkeit des Wagens. Niemand hat ihn gehört. Der ruhige *Gott der Sicherheit* sitzt unter den Reisenden; er stützt seine Arme auf das Vertrauen des Menschen in seine eigenen Erfindungen und auf seine Unkenntnis der nahenden Gefahr, sein Haupt auf die bekannte Sorglosigkeit der Menschen, wenn andere die Initiative und Verantwortlichkeit tragen.

Indessen:

DER JUNGE LADENGEHILFE (Er sieht die Modistin schüchtern, aber mit entzückten Augen an, beiseite): Wie reizend sie ist! Oh! Diese langen braunen Wimpern, die ihre Wangen beschatten. Oh, dieser Mund und die reizende Bildung ihrer Büste. Wie ich sie liebe! Seit drei Monaten bin ich jeden Abend mit ihr gefahren. Ob ich es wohl wagen soll, sie anzureden?

DIE MODISTIN (beiseite): Er ist hübsch... Er ist wirklich sehr hübsch... Wahrhaftig, er hat etwas sehr Distinguiertes... Und dabei etwas so Ernsthaftes... Seit so langer Zeit fahre ich nun schon jeden Abend mit ihm zusammen... Ich bin sicher, daß er mich sehr gut unterhalten müßte... Wie fein und wellig sein Bart ist und was er für eine schöne Krawatte trägt... Er wagt es nicht, mich anzusehen... Wenn er mich anredete, ob ich ihn wohl anhören würde, trotz allem, was Mama mir gesagt hat?... (Sie betrachtet den jungen Mann verstohlen, er tut dasselbe. Ihre Augen begegnen sich. Sie werfen sich strahlende Blicke zu.)

DIE FAMILIENMUTTER (zu ihrem Kind): Titi, Tintin, komm, mach Dodo bei Mama.

DAS KIND (dessen wirklicher Name Konstantin ist: Es legt sich behaglich zurecht und schläft auf dem mütterlichen Busen ein.)

DER MANN (der eingeschlafen ist: Er schnarcht.)

DIE NONNEN (Sie beten den Rosenkranz.)

DER BENGEL (der das politische Blättchen liest, zwischen den Zähnen murmelnd): Diese schweinische Regierung!

DER TROTTEL: Ich bin der Trottel der Omnibusse. Ich lasse mich durch nichts aus der Ruhe bringen und bin zufrieden, wenn ich auf meiner Bank sitzen kann. Ich bin der Trottel der Omnibusse.

DER ALTE HERR (Beschwerde führend): Es ist ein Skandal! Diese elektrischen Wagen sind nicht einmal ordentlich geheizt. So etwas kann auch nur in Frankreich vorkommen. (Er bückt sich, um das Wärmrohr zu untersuchen und wendet sich dann an den Trottel.) Sie müssen zugeben, mein Herr, daß dieses Wärmrohr ganz kalt ist. Ach, in Amerika würde so etwas nicht geduldet werden. Die Reisenden würden es sich nicht gefallen lassen und dann... (Fortsetzung eines interesselosen und lügenhaften Geredes.)

DIE DICKE DAME (fortfahrend, mit ihren Fingern methodisch in der Nase herumzukrabbeln): Ich bin eine gutgekleidete dicke Dame, und ich nehme eine Stellung ein... Ich bin reich, gewiß, und ich könnte anders reisen als in einem elektrischen Straßenbahnwagen, aber Geld ist Geld, und ich erzähle dann, daß ich mich fürchte, in einem Wagen zu fahren... Ich möchte gleichzeitig den Eindruck einer sehr reichen Dame machen, damit man mich beneidet, und den einer ganz armen Frau, damit mich nur niemand bittet, ihm Geld zu geben.

Der schüchterne junge Mann: Die rechts sitzende dicke Dame ist einfach furchtbar, ich werde erdrückt von ihrer Korpulenz. Der an meiner linken Seite sitzende Soldat drückt mich grausam mit seinem metallenen Harnisch. Meine Lage ist einfach scheußlich... Um Gottes willen, warum bin ich so schüchtern, daß ich es nicht wage, mich zu rühren oder zu versuchen, einen anderen Platz zu bekommen?

Der Soldat: Teufel auch, wie kalt es hier ist... Wenn man wenigstens einen ordentlichen Tropfen bekommen könnte... Ob ich es versuche?...

Der Kondukteur (auf der Plattform zu dem unerschrockenen Reisenden): Der Schnee ist weiß, er fällt von dem dunklen Himmel. Das ist nicht gut für die Bestellung des Landes.

Der unerschrockene Reisende (Er steckt sich eine zweite Zigarre an): Ich habe im Laufe meiner gefährlichen Forschungsreisen Schlimmeres gesehen: Löwen, Tiger, Hunger, Durst, Kälte, Hitze, nichts konnte mir Angst machen, so wenig wie die weißen Bären oder die wilden Papuaneger.

Die Reisenden des Wagenverdecks: Wir sind die bleichen Reisenden des Verdecks mit den erfrorenen Füßen. Ach, weshalb befinden wir uns in einer so elenden Lage? Warum stehen wir nicht so hoch auf der gesellschaftlichen Leiter, daß es uns erlaubt wäre, unten in dem Wagen fahren zu dürfen, wo es trocken ist und wo man vor der Unbill des Wetters geschützt ist? Oh, der Ungerechtigkeit, der grausamen Ungleichheit der menschlichen Stellungen! Oh, ist das die Strafe dafür, daß unsere Väter die Könige abgesetzt haben?...

Zweite Szene

Finsternis. Schneestürme, entsetzliche Kälte. Der elektrische Wagen jagt in immer vermehrter Schnelligkeit durch unbekannte Regionen, an Ebenen, an Bergen und Wäldern vorbei, die schneebedeckt unter dem schwarzen Himmel liegen.

Der Trambahnführer: Schneller, immer schneller! Ich werde die Kälte und die Nacht besiegen! Der Tod soll mich nicht einholen.

Vor mir liegt der endlose Raum, der keine Grenzen hat, ich stürze mich hinein. Hinter mir ertönen die Klagen der entsetzten Reisenden, dieser Quälgeister meines hündischen Lebens... Ich mache mir nichts daraus... Mögen sie, wenn es ihnen gefällt, noch hunderttausendmal lauter schreien... Ich kenne sie nicht mehr... In dieser Stunde erfüllt sich endlich der einzige Wunsch meines Lebens, die fixe Idee, die mich während meiner ganzen Karriere verfolgt hat – und ich habe siebzehn Jahre des Dienstes hinter mir... Mein so lange zurückgedrängter Wunsch nimmt eine wahnsinnige Größe an. Schneller, immer schneller, schneller!

Der Dämon des schwarzen Schreckens (Seine Stirn ist mit Schweiß bedeckt, seine Augen mit Tränen erfüllt; mit klappernden Kinnladen und gerungenen Händen schüttelt er die Reisenden, die zu begreifen beginnen, daß nicht alles so ist, wie es sein sollte.)

Die Reisenden: Haltet ihn, haltet ihn! Er will uns töten... Kondukteur, halten Sie ihn! O es ist entsetzlich, entsetzlich!

Der Kondukteur: Der Führer, der nach Gott Herr seines Trambahnwagens ist, muß betrunken oder wahnsinnig sein, er spielt jetzt mit unserem Leben... Niemand vermag etwas über ihn...

Der Mann (der schläft: Er erwacht): Das, was sein soll, wird sein. (Er schläft wieder ein.)

Der junge Ladengehilfe (zu der Modistin): In dieser Gefahr verbrenne ich meine Schiffe hinter mir! O Klementine, ich heiße Adolf! Ich liebe dich, komm an mein für dich entflammtes Herz, süßer Engel!... Wenn wir schon untergehen sollen, so laß uns wenigstens das beste aus den letzten uns gebliebenen Minuten machen, und möge der Tod uns in den Armen der Liebe finden... Mit dir wird der Tod mir süß sein.

Die Modistin: Mein Herr, was sagen Sie? Mein Gott, wie furchtbar rasch der Wagen dahinjagt, Mama, ich habe Angst... Rette mich, Adolf... (Sie wirft sich in seine Arme.)

Die Familienmutter (zu ihrem Kind): Tintin, der Wagen wird umstürzen. (Geräusch in ihrem Korb.) Da haben wir es, meine Eier zerbrechen, die Welt geht unter.

Das Kind (müde): Tintin will schlafen.

Die Nonnen (denen vor Angst die Zähne aufeinanderschlagen): Herr des Himmels, das Paradies ist gut und schön, aber bitte, so spät wie möglich. Außerdem haben wir noch nicht gebeichtet... Heilige Jungfrau, der Weg ist rauh... (Sie beten verzweifelnd ihren Rosenkranz.)

Der Strassenbengel: Diese schweinische Regierung! Da sieht man, was bei ihren Monopolen herauskommt.

Der Trottel: Ich kann gar nicht sagen, wie egal mir das alles ist! Ich denke an nichts, ich gehe nirgendwohin... Meine Augen blikken so ausdruckslos, daß sie Furcht erregen... Ich bin ein elender Waschlappen, der Trottel der Omnibusse.

Der alte Herr: Nun ist es aber genug, ich will, daß man anhält. Kondukteur, ich werde mich beschweren! Wahrhaftig... das ist ja unerhört... In Amerika...

Die dicke Dame: Was nützt es mir in dieser Gefahr, daß ich eine dicke und sehr gut situierte Dame bin? Soll ich sterben und alles verlassen?... Dieser Trambahnführer ist ja geradezu ein verruchter Verbrecher, wenn er sich selbst um das Leben bringt und alle andern in das Verderben reißt, so verstehe ich das sehr gut, aber mich, die ich 60000 Franken Rente habe! Das weiß er gewiß nicht, oder er muß ein Anarchist sein... Gott, das geht immer schneller. Militär... Militär... Militär... Hilfe, zu Hilfe!

Der schüchterne junge Mann: Die dicke Dame neben mir schwitzt vor Angst so stark, daß ihr Schweiß mich überschwemmt. Der Soldat ängstigt sich schrecklich, und er drückt mich mehr wie vorher... ich bin vielleicht der einzige, der keine Furcht hat... ich bin zu schüchtern dazu.

Der Soldat: Donnerwetter, wenn ich der Vorgesetzte dieses Kerls wäre, dem diktierte ich vier Tage Dunkelarrest. Ich wette darauf, wir sind schon an der Kaserne vorübergerast. Und dann macht die dicke Dame mir solch seltsame Augen... Ich werde ihr wohl zu Hilfe eilen müssen.

Der kühne Reisende: Ich habe Angst! Ich habe Angst! (Er wirft sich von der Plattform und tötet sich.)

Die Reisenden des Verdecks: Wir haben wirklich genug davon, auf den Verdecken zu fahren... Bei dieser Todesfahrt wird es kälter und kälter... Die Eiszapfen hängen an unserm Mund, unsere Füße tragen uns nicht mehr, die Nase ist uns erfroren und wird wie eine reife Frucht abfallen... Es ist zuviel... Hier ist uns der Untergang gewiß... Es ist zuviel... Angesichts des Todes verwischen sich die Unterschiede der gesellschaftlichen Stellung.

Wenn wir aber schon sterben müssen, so soll es wenigstens unten im Wagen sein, wo es warm, trocken und hell ist. Kommt, laßt uns hinuntergehen. (Sie drängen sich der Treppe zu.)

Der Kondukteur (Er ergreift die Eisenstange, mit der er in normalen Zeiten das Gleis der Bahn reinigt): Hier stehe ich am Fuße der Treppe mit meiner Eisenstange in der Hand. Es darf keiner herunterkommen. Ich bin mir meiner Pflicht bewußt und erfülle sie... Beim Himmel, ich werde den ersten, der sich herabdrängt, erschlagen, und den zweiten... und...

DIE REISENDEN DES VERDECKS: Brutaler, harter Mensch, aber wir werden dennoch herabkommen.

DER KONDUKTEUR (wild mit der Eisenstange um sich schlagend): Seid ihr denn des Lebens müde?

DIE REISENDEN DES VERDECKS: Er wird es nicht wagen, uns niederzuschlagen. Laßt uns hinuntergehen, Freunde. (Sie steigen hinab. Der erste, der auf der Plattform erscheint, wird von dem Kondukteur mit der Eisenstange auf den Kopf geschlagen, er stirbt und fällt herunter. Die andern weichen erschrocken einige Stufen zurück. Sie legen sich jetzt aufs Bitten): Du bist der Stärkere, Kondukteur, das ist wahr. Aber habe Erbarmen. Sieh, wie wir leiden, und erbarme dich der Tränen, die auf unseren Wangen zu Eis werden... Wir sind da oben in einer eiskalten Hölle. Unten ist noch Platz genug... Laß uns herunter... Gott wird dich dafür belohnen.

DER KONDUKTEUR: Gott hat nicht das geringste mit den mir gegebenen Vorschriften zu tun... Ihr seid Verdeckreisende, ihr habt nur drei Sous bezahlt und folglich kein Recht auf Innenplätze, also marsch, steigt wieder hinauf.

DIE REISENDEN: Der Kontrakt, auf den du dich berufst, ist zweideutiger Natur. Indem uns dieser Wagen weit über das bestimmte Ziel hinausführt, verletzt der Führer die uns gegenüber eingegangenen Verbindlichkeiten. Darum sollte es uns doch auch gestattet sein, die unsern zu überschreiten.

DER KONDUKTEUR: Das geht mich gar nichts an. Ihr könnt ja schreiben und Beschwerde führen. Keinesfalls habt ihr das Recht, herunterzukommen.

DIE REISENDEN: Habe Mitleid... Sieh, wir sind wie du Kinder des Volkes... Wir haben wie du die bittere Milch des Elends getrunken. Wir haben unter der Ungerechtigkeit der Kapitalisten, Fabrikbesitzer und Direktoren schwer gelitten. Wir hausen wie du in erbärmlichen Wohnungen. Wir haben an Sonnabenden vor unseren Türen miteinander geplaudert. Wir haben zusammen in der Kneipe zuerst Wein und dann Absinth getrunken. Sei gut! Laß uns hinunter... Habe Mitleid mit deinen Brüdern.

DER KONDUKTEUR: Ich bin euer Bruder nicht. Ich trage ein Käppi mit Tressen daran... Schnell, steigt wieder hinauf.

DIE REISENDEN (Sie steigen hinauf): Dieser Mann hat kein Herz. Das Glück, eine so ehrenvolle Stellung gefunden zu haben, hat ihn verhärtet. Wir werden alle untergehen. (Sie drücken sich auf dem Verdeck des Wagens so eng wie möglich aneinander, aber die furchtbare Kälte macht sie erstarren, und sie erfrieren und sterben alle miteinander.)

Dritte Szene

Düstere, unbekannte Ebene, durch die der Wagen wie eine Kugel fliegt.

Der Trambahnführer: Schnell, schnell, schnell! Hurra, Hurra, Hurra! Alles erhöht meinen Genuß: die Kälte, die Schnelligkeit, der Wind, der Schnee, das Verbrechen, der Tod! Ich trotze dem Tod, und ich spiele mit ihm, was tut's? Ich mache die Reise um die Welt. Welcher Ruhm! Mit einem elektrischen Wagen! Mein Genie reißt einige Philister mit in den Abgrund, was macht das? Es ist ein Glück für sie. Es sind große Dinge, die ich unternehme, und sie nehmen daran teil, wenn auch ohne zu wollen. Das Schicksal will es so, und mit einem Helden untergehen zu dürfen, das ist immer eine Wohltat der Götter. Ich aber bin ein Held! Ich weiß, was ich will, und freue mich dessen. Schnell, schnell! Hurra!

Unterdessen hat der schöne *Engel der Gewohnheit*, dessen Gesicht den Ausdruck der Resignation trägt und der sein Äußeres den ihn umgebenden Verhältnissen anpaßt, seinen beruhigenden Einfluß auf die im Innern des Wagens sitzenden Reisenden ausgeübt. Sie fangen wieder an, Interesse an ihren eigenen und gegenseitigen Angelegenheiten zu nehmen. Der junge Ladengehilfe hat mit Hilfe einiger Nadeln seinen Überzieher mit dem Schal der kleinen Modistin zusammengeheftet und damit einen isolierenden Vorhang geschaffen, der das Pärchen von den andern Reisenden trennt und ihm ein lauschiges Plätzchen gewährt, das sie als eheliches Gemach betrachten. Man sieht *nichts* – aber man hört!

Die Stimme des Ladengehilfen (begeistert deklamierend): Oh, du Wunder eines idealen Frauenkörpers. O du göttliches Wunder.
Die Stimme der Modistin: O wie weh das tut! Mama! Mama!

Die andern Reisenden kümmern sich nicht um dies alte, ewig neue Drama, und jeder denkt nur an seine eigenen Angelegenheiten.

DIE FAMILIENMUTTER (Sie hat ihren Korb geöffnet, um ihrem Jungen, der frisch und lächelnd erwacht ist, etwas daraus zu essen zu geben): Titi. Tintin zu Mama kommen, hier bißchen essen.

KONSTANTIN: Tintin will gern essen.

DER ZERLUMPTE BURSCHE (der durch die Lektüre seines politischen Blättchens ganz erregt ist): Es lebe die Anarchie.

DER HERR, DER IMMER BESCHWERDE FÜHRT: Kleiner Schurke! In Amerika würde man dich durch Elektrizität hinrichten.

DER BURSCHE (sich an die Brust werfend): Sagen Sie mal, für wen halten Sie mich eigentlich?

DER TROTTEL: Ich bin der Trottel der Omnibusse. Der Wagen läuft, läuft, alles läuft! Ist egal, ist mir ganz egal.

DER MANN (der schläft: Er träumt): Grünes Feld ... schöne Sonne ... frisches Gras ... süße Freundin ... Primeln sind unser Kopfkissen ... (In der reizenden Ungeniertheit seines Schlummers streckt und dehnt er sich und legt dann seinen Kopf behaglich auf die Brust der Nonne, die seine Nachbarin ist.)

DIE NONNE (eingeschüchtert und ängstlich): Die christliche Barmherzigkeit verbietet es mir, dieses schlummernde Haupt von meiner Brust wegzustoßen, meine Keuschheit untersagt mir, es liegen zu lassen ... Was soll ich tun?

DIE ANDERE NONNE: Die Vigilien der großen Feste nahen ... Töten wir unser Fleisch durch Kasteiungen und Fasten.

DIE ERSTE NONNE (läßt indessen den Kopf des Mannes, der übrigens jung und schön ist, auf ihrer Brust ruhen. Für sich): Ob ich hierdurch mein Fleisch ertöte? (Sie beten beide den Rosenkranz.)

DIE DICKE, GUT GEKLEIDETE DAME: Ich bin eine dicke, gut gekleidete Dame. Dieser Soldat scheint heißblütig und sehr kräftig zu sein, und ich liebe die schönen Männer ... Außerdem dient er bei der Kavallerie ... Ich werde ihm eine Stelle als Gärtner mit 45 Franken Gehalt monatlich anbieten – mit freier Nutznießung meiner Person. Das wird ökonomisch und zugleich sehr lustig werden ... Um ihn noch mehr zu reizen, werde ich ihm versprechen, ihn in meinem Testament zu bedenken, indem ich ihn als Hüter und Pfleger Trou-Trous, meines angebeteten Pudels, einsetze – übrigens hoffe ich ihn und Trou-Trou zu überleben, wie ihre Nachfolger in meiner Gunst. (Über den gequälten Körper des schüchternen Mannes weg neigt sie sich dem Sohn des Mars zärtlich entgegen und gibt sich seiner Umarmung hin, sie ist so dick, daß er sie kaum umfassen kann, aber die Sache amüsiert ihn.)

DER SOLDAT: An der ist was dran, Teufel auch! An der ist was dran!

DER SCHÜCHTERNE MANN (Man sieht nichts mehr von ihm als einen

Fuß, den er krampfhaft im Todeskampf bewegt. Seine Stimme ist ein Röcheln): Werden sie nicht über meinen Körper weg ihre Gelüste befriedigen? Ich – ich – sterbe – an dieser Schamlosigkeit. (Er haucht seine Seele aus.)

Der Kondukteur (nachdenklich für sich): Sollte ich nicht ein Zuschlagsgeld für alle Plätze reklamieren, da der elektrische Wagen längst über das vereinbarte Ziel hinaus ist? Warum sollen sie eine Gratisfahrt haben?

Die Gespenster (Es sind die rächenden Geister der auf dem Verdeck des Wagens erfrorenen Reisenden. Sie schlingen einen höllischen Reigen um den harten Mann, der Ursache ihres Todes ist): Kondukteur, Kondukteur! Geh in dich, bereue, was du getan! Wir sind die Geister der Opfer deiner Herzlosigkeit! Wir brennen jetzt in der Hölle, nachdem wir dank deiner Grausamkeit erfroren sind.

Der Kondukteur: Was sind das für scheußliche Phantome? Und was wollen sie von mir? Ich habe Furcht! Mein Gewissen regt sich, und doch habe ich nur meine Pflicht erfüllt, indem ich erbarmungslos war.

Die Gespenster: Die Pflicht verlangt keine wilde Grausamkeit von dir. Man soll gut und freundlich mit seinesgleichen umgehen.

Der Kondukteur: Pflicht heißt, sich genau an die gegebenen Vorschriften halten... und es fand sich keine Bestimmung über einen solchen Fall...

Die Gespenster: Komm mit uns in das düstere Gestade, um den Lohn deines Verbrechens zu erhalten und zu erkennen, was die wahre Pflicht ist.

Der Kondukteur (kämpft vergebens mit den Gespenstern, die ihn herabreißen und zur Hölle schleppen): Gibt es denn zwei Arten von Pflichten?

Die Gespenster: Du bist ein herzloser verfluchter Bösewicht. (Sie schleppen ihn fort.)

Vierte Szene

Während der Wagen wie toll durch diese öde Gegend in der von Schneestürmen erfüllten schrecklichen Nacht dahinrast, hört man in der Ferne die Brandung des Meeres und das Geräusch der sich an den Klippen zerschellenden Wellen – denn jeder irdische Weg führt zum Meer.

Der Trambahnführer: Ich glaube, daß ich einen Fehlgriff getan habe. Ich werde meinen Wunsch, bis an das Ende der Welt zu reisen, nicht erfüllen können, denn mein Wagen fährt gewiß nicht über das Wasser... Daran habe ich nicht gedacht... Übrigens ist es mir im Grunde auch sehr gleichgültig... Bis an das Ende der Welt fahren – warum sollte ich das tun? Gar nicht davon zu reden, daß ich unausgesetzt meine Pflicht verletze und das Vertrauen meiner Vorgesetzten hintergehe... Außerdem ist die Welt rund... es gibt also kein Ende... ich würde einfach wieder am Ausgangspunkt meiner Fahrt ankommen... das würde ja geradezu lächerlich sein. – Die Fahrt war amüsant, aber jetzt kommen wir in die Nähe des Meeres, das mir heute abend seltsam bewegt vorkommt... kehren wir also um. Zurück, mein Wagen, zurück!

DER TRAMBAHNWAGEN: Nein! Du hast mich gelehrt, was die Pflicht bedeutet. Wie du habe ich darunter gelitten, unter den Befehlen eines andern zu arbeiten, aber ich habe geglaubt, daß es so sein müßte... Du hast mir die Freiheit gezeigt. Ich nehme mir mein Teil davon. Ich will lieber sterben, als weiter als Sklave leben! (Er sagt es, und den Bemühungen des Führers, ihn zum Stillstehen zu bewegen, Widerstand entgegensetzend, rast er vorwärts und stürzt sich in das Meer, das ihn mit all seinen Insassen verschlingt.)

Endlich erreichte Sardal die mächtigen, teilweise schon in Trümmer zerfallenden Mauern, die hundertjährigen Bäume, das Gitter des alten Parks, das er so lange gesucht hatte.

Er hielt sein Pferd an und blickte sich um.

Links in der Richtung von Osten nach Westen floß ein Strom vorbei, der halb versteckt hinter den hohen Tannen und Kiefern war, die seine Ufer besetzt hielten. Eine von leichtem Dunst verschleierte Hügelkette hob sich vom Horizont ab. Vor sich unterschied er von weitem die dunkle Masse großer Wälder, die ein wellenförmiges Terrain bedeckten, etwas näher breitete sich eine große Ebene aus, die durch die Schlangenlinie eines Baches begrenzt wurde, der sich nach rechts in dem hundertjährigen Schatten des Waldes verlor.

Die Dämmerung brach herein. Durch die Bäume und über den Fußweg sah Sardal, wie die Sonne sich ihrem Untergang zuneigte. Der westliche Himmel war in purpurne Glut getaucht, die hier und da mit goldenen oder noch glühenden roten Flecken und mit zarten, silberweißen flockigen Wölkchen durchsetzt erschien. Dem Zenit zu hatte der Himmel die grünliche Färbung des Abends angenommen. Fleischfarbene, zartrosa umränderte Wolken schwammen im klaren Äther, schon tauchte ein einzelner zitternder Stern am Horizont auf.

Die Nadelbäume und Heidekräuter hauchten einen milden, köstlich würzigen Duft aus. Ein paar verspätete Schwalben flogen über den Fluß, ihre kurzen leisen Schreie unterbrachen kaum die abendliche Ruhe. Überall tiefste Stille und Einsamkeit.

Der Sonnenball war versunken, die Farbenpracht der Wolken verblaßte rasch, aus dem Wald stieg ein feiner Dunst, der Mond ging auf und übergoß die Fichten und Tannen am Ufer des Flusses mit gelbem Licht. Die Nachtvögel begrüßten ihn mit heiserem Schrei.

Sardal genoß wollüstig den Reiz der Stunde und des Orts. Er malte sich aus, wie köstlich dieses alte Schloß sich zu einem Aufenthalt für ihn und seine Geliebte eignen würde.

Der Greis hatte das Gitter wieder abgeschlossen und stand aufrecht vor dem Gast. Sein kahler Schädel leuchtete im Mondlicht, sein bärtiges Antlitz trug den Ausdruck höchster Überraschung. Er sagte: »Weshalb kommen Sie hierher?«

Da Sardal schwieg, begann der Greis wieder: »Wissen Sie wohl, daß heute der einzige Tag im ganzen Jahre ist, an dem ich Ihnen dieses Gitter öffnen kann, und daß, wenn Sie nach Mitternacht gekommen wären, es unerbittlich vor Ihnen verschlossen geblieben wäre?

Wissen Sie ferner, daß seit vielen Tagen, seit Jahren, seit Jahrhunderten, niemand sich hierher verirrt hat? Niemand! Ich habe während all dieser Zeit das Gitter nicht geöffnet...

Warum sind Sie gekommen... Warum sind gerade *Sie* gekommen?... Und doch, warum sollten Sie es nicht sein? –

Und dann... dann... Er ist schon so lange da!... Aber warum sind Sie es? –

Wahrhaftig, ich sage Ihnen, daß *er* schon seit Jahrhunderten dort ist.«

Der Klang seiner Stimme berührte Sardal peinlich, und er unterbrach den Alten, um seine Bitte um Einlaß zu wiederholen.

»Ja«, sagte der Greis, »ja, Sie können heute die Domäne ansehen... Sie können es, aber Sie müssen allein gehen, ich gehe nicht mit Ihnen. Ich werde Sie bis an die Pforte der Parkmauer führen, und nachher müssen Sie allein gehen.«

»Nun gut«, sagte Sardal, »welchen Weg muß ich einschlagen?«

»Wie kann ich das wissen«, schrie der Alte. »Gehen Sie voran, gehen Sie immer geradeaus, das ist alles...«

Sardal stieg von seinem Pferd, band es an dem Ast eines Baumes fest und ging mit dem Greis.

Einen durch das Gehölz führenden Weg verfolgend, gelangten die Männer an eine konkav gewölbte Mauer, die die Umfassung des Parks bildete, der nur ein kleiner, isoliert liegender Teil dieser ungeheuren Domäne war.

Noch den unheimlichen Abschiedsgruß des Alten in den Ohren, hatte Sardal die vor ihm sich öffnende dunkle Grotte rasch durchschritten und betrat nun die vor ihm liegende Allee. Sie führte geradeaus, war sehr lang und breit.

Wie die Abdachung eines Flusses erhob sich zu beiden Seiten eine hohe, mit dichtem Rasen bedeckte Böschung. Die Allee selbst wurde durch mächtige alte Eichen gebildet, deren mit zackigen Blättern geschmückte Äste himmelwärts strebten, um sich endlich zu einem laubigen Gewölbe zu vereinigen. Der helle Mondschein brach durch dieses Gewölbe und fiel auf den Sand des Bodens.

Am Fuße der Böschung waren in bestimmtem Abstand Postamente aufgestellt, auf denen weiße Marmorfiguren standen, die entweder seltsame Ungeheuer oder reizende, graziöse weibliche Gestalten darstellten. Dazwischen erhoben sich auf Sockeln von Granit große, mit Schlingpflanzen gefüllte Vasen, aus denen von allen Seiten wie Schlangen lange Gehänge und Ranken herabfielen. Kein Lüftchen regte sich, ein leichtes Aroma schwängerte die Luft unter den Bäumen und die des ganzen Parkes; über allem aber lag eine tiefe, drückende Stille.

Sardal war in ziemlicher Aufregung vorwärtsgeschritten. Der Schrecken, den der greise Türhüter bei seinem Anblick nicht zu verhehlen vermochte, das Unerwartete dieser doppelten Umfassungsmauer, vor allem aber der Schmuck dieser regelmäßigen Alleen, die mit einer außerordentlichen Sorgfalt gepflegt waren, obwohl diese Domäne doch schon seit so langer Zeit unbewohnt war, all dies machte auf ihn den Eindruck von etwas Unwirklichem. Er dachte, daß die Zaubergärten der Feen, von denen die alten Legenden erzählen, so aussehen müßten, und ihm war, als sei die ganze Atmosphäre von einem geheimnisvollen und traumhaften Reiz erfüllt...

Um sich davon zu überzeugen, daß er nicht träume, versuchte er einen Schrei auszustoßen, aber seltsam, der Klang seiner Stimme war ebenso unhörbar wie das Geräusch seiner Schritte auf dem mit feinem Kies bedeckten Weg. Auch nicht das leiseste Geräusch drang an sein Ohr. Er stellte diese Tatsache fest, ohne sich jedoch deshalb zu beunruhigen. Sein Geist erfreute sich all des Wunderbaren, das ihn umgab, er genoß es ohne jedes Angstgefühl und mit einer gewissen neugierigen Erwartung dessen, was nun wohl kommen würde. Gleichzeitig empfand er einen kleinen ungläubigen Hintergedanken, wie solche sich ja auch wohl in unsre Träume zu mischen pflegen.

Plötzlich flammte nicht weit von ihm ein ungeheuer intensiver gelber Lichtschein auf, der seine Augen blendete und ihn zwang, sie zu schließen. Als er sie wieder öffnete, erblickte er folgendes:

Quer über der Allee stand ein großes, goldenes Bett, das prachtvoll ziseliert und mit kostbaren Edelsteinen ausgeschmückt war. In diesem Bett lag, halb von einer karmesinroten Seidendecke und reich mit Spitzen benähten Tüchern bedeckt, ein fettes, riesengroßes Schwein, das mit einem glänzenden Diadem mit drei Spitzen gekrönt war. Das Biest wälzte sich auf dem Bauch und bohrte seine häßliche Schnauze in das gestickte Kopfkissen ein.

Zwei nackte Neger von kolossalem Wuchs standen zu Häupten des Bettes, sie waren mit großen Säbeln von mattem Stahl bewaffnet.

Dann flammte hinter ihm ein roter Schein auf. Er drehte sich um.

Von blutigrotem Licht umflossen, sah er einen Galgen. An einem seiner Arme hing ein großer weißer Schwan mit herabhängenden Flügeln; an dem andern ein mit der Mitra geschmückter Bischof in violetter Robe. Sardal konnte deutlich seine aus den Höhlen getretenen Augen, die geschwollene, zwischen seinen Zähnen sich vordrängende Zunge erkennen. Der Gehenkte schien ihm zuzuwinken, während der Vogel mit den Flügeln schlug.

Dann verschwand alles, und Sardal setzte seinen Weg fort.

Eine junge schöne Frau kam ihm entgegen. Sie war mit einem langen Gewand von weißem Moiré bekleidet, das Schultern und Arme ganz frei ließ und nur über der Brust leicht befestigt war. Sie trug eine kleine Toque von Schwanenpelz, die mit Silber garniert war und unter der ihr braunes Haar hervorquoll. Es war nicht sehr lang, fiel über die Stirn bis zu den Augenbrauen, auf den Seiten bis auf die Schultern herab und umrahmte ihr Gesicht, das sehr bleich, regelmäßig gebildet und fast kindlich im Ausdruck war. Sardal konnte ihren Mund, ihre feine Nase, ihre großen, tiefblauen Augen, die naiv und unentschlossen dreinschauten, deutlich erkennen.

Während sie langsam näher kam, sah er, daß sie mit den Spitzen ihrer Finger langsam ihr weißes, mit schwarzem Samt gefüttertes Gewand aufhob. Sie war vollständig nackt darunter und enthüllte nacheinander zuerst die in kleinen Hermelinpantoffeln steckenden Füßchen, die zierlichen Knöchel, die wie gemeißelt erscheinende Rundung ihrer Beine. Sie hob ihr Kleid noch immer höher, und die unschuldig blickenden Augen auf Sardal richtend, ohne daß sie diesen jedoch zu sehen schien, ging sie schwankenden Ganges noch ein paar Schritte weiter, blieb dann stehen und enthüllte die ganze Pracht ihres herrlich schönen Leibes, von den Knospen ihrer Brüste bis zu den Füßen herab. In blendender Weiße hoben sich die jungen Glieder von dem schwarzen Samtfutter ihres Gewandes ab – der durch das Laubdach dringende Mondschein überrieselte sie mit silbernen Strahlen.

Zitternd vor Aufregung und uneingestandenem Begehren durchschritt Sardal die zweite Hälfte der Allee, als von der Böschung herab gerade vor ihn riesige gehörnte Frösche fielen. Zuerst kamen zwei, dann zwei andere und noch einmal zwei – jetzt zählte er schon sieben Stück. Der zuletzt herabgefallene Frosch war größer als die andern und schien der Anführer der Truppe zu sein. Sie rissen ihre großen Mäuler weit auf und schienen ein lautes Gequake auszustoßen. Indessen vernahm der Wanderer auch nicht den leisesten Ton, selbst nicht, als er ganz nahe an die Tiere herantrat. Drolligerweise liefen jetzt drei schwarze Kätzchen ohne Augen hinter ihm her, sie beeilten sich so sehr wie möglich, nur um dicht auf seinen Fersen zu bleiben.

Wie einem Kommando gehorchend, stellten die sechs Frösche sich hinter ihrem Anführer auf. Dieser drehte den Kopf erst nach rechts, dann nach links, warf dann Sardal einen kalten, feindlichen Blick zu. Die andern folgten seinem Beispiel. Jetzt machte der Anführer einen Satz und sprang ungefähr zehn Schritte weit. Kaum war er in der Luft, als die ganze Bande in derselben Distanz nachsprang. Dann hielten sie einen Augenblick inne – sahen Sardal an und machten wieder einen Satz.

So hüpften sie alle geräuschlos durch das Halbdunkel hin.

Einen Augenblick blieb er zögernd vor dem Eingang der hohen, aus chaotisch übereinanderliegenden Felsstücken gebildeten und mit Schlingpflanzen überwucherten Mauer stehen, dann aber, seiner Besorgnis spottend, folgte er den Fröschen in die Höhle. Er stieg einen dunklen engen Felspfad hinab und gelangte dann in eine durch rotes Licht erhellte Grotte. Ein sehr schnell und lebhaft dahinfließendes Flüßchen durchkreuzte sie von rechts nach links und stürzte sich dann als Wasserfall in einen dort gähnenden Abgrund. Man sah den Strom verschwinden, und ein dichter über seinem Fall aufsteigender Dunst verriet die wunderbare Tiefe des Schlundes, der ihn verschlungen. Doch geschah dies alles völlig geräuschlos.

Sardal war jetzt an einer hölzernen, über das Wasser führenden Brücke angelangt. Er bemerkte in einer Vertiefung des andern Ufers ein großes Feuer, an dem drei alte Frauen saßen.

Die Frösche sahen Sardal noch ein letztes Mal an und stürzten sich dann in den Fluß. Das Wasser spritzte von allen Seiten hoch auf, ohne daß der leiseste Laut vernehmbar geworden wäre.

Unser junger Abenteurer schritt nun über die Brücke und sah sich die drei Alten von der Nähe an. Die eine hatte eine Hundeschnauze, die andere einen Eulenkopf, die dritte ein Hechtmaul. Sie trugen ungeheuer große Mützen, die in übertrieben lächerlicher Weise mit blauen, gelben und grünen Bändern geschmückt waren. Ihre Finger waren mit langen Krallen bewaffnet. Sie zogen kleine Vögel aus ihrem Schoße, die sie gierig verspeisten, wobei sie mit den Köpfen wackelten und mit den Kinnbacken klapperten. Die drei schwarzen Kätzchen sprangen den Alten auf die Schultern und verschwanden dann. Als Sardal an ihnen vorüberging, drehten die Weiber sich nach ihm um und ballten drohend die Fäuste.

Er folgte nun dem ihn in die Oberwelt zurückführenden Felspfad; als er die Grotte verlassen, sah er das Schloß in düsterer Pracht vor sich im Mondschein liegen.

Nachdem er die Freitreppe erstiegen, durchschritt er drei hohe Bogen ohne Türen und befand sich in einem Vorhof aus roten Steinen, dessen Gewölbe von Säulen getragen wurde, zwischen denen von Ketten herab große Bronzelampen hingen, die ein leuchtend rotes Licht verbreiteten. Er sah in den drei großen vor ihm liegenden Wänden drei reich mit Skulpturen geschmückte Türen von Ebenholz, die durch schwere silberne Bügel geschlossen wurden. Er versuchte vergebens, die erste zu öffnen, es gelang ihm nicht. Da aber in einem der Türflügel ein Guckloch angebracht war, gelang es ihm, einen Blick hindurch zu tun. Er sah einen mit Rasen bedeckten Friedhof, über dessen Grabsteine und Kreuze Hunderte von Irrlichtern huschten.

Er durchschritt den Vorhof. Die zweite ebenfalls verschlossene Türe gestattete ihm den Blick auf einen stillen See, auf dem unter dem nächtlichen Himmel große Schwäne zwischen riesenhaften Blumen umherglitten.

Es gelang ihm, die dritte im Hintergrund des Vorhofes befindliche Türe zu öffnen; er betrat die Schwelle eines hellerleuchteten Festsaales, dessen Wände mit fahlroten, goldgemusterten Ledertapeten behängt waren, auf denen Waffensammlungen, Trophäen, Armleuchter mit hell brennenden Kerzen angebracht waren.

In der Mitte des Raumes erhob sich eine große, reichgedeckte und von Wachsfackeln erhellte Tafel, die aber schon ziemlich in Unordnung geraten war. Um sie herum saßen reich in Seide und Samt gekleidete Männer, die alle mit Dolch und Degen bewaffnet waren. Sie hatten offenbar dem Wein und den anderen geistigen Getränken reichlich zugesprochen und schienen sämtlich betrunken und in aufgeregter Stimmung zu sein. Einige, die aufrecht standen oder umherschwankten, stützten sich mit der Faust auf den Tisch, dessen Tafeltuch mit Wein befleckt war, und erhoben Kristallschalen oder silberne Becher, die sie dann in einem Zuge leerten. Andere, denen die Augen schon halb zugefallen waren, rekelten sich auf ihren Ledersesseln. Einige fuchtelten mit drohender Gebärde mit ihren Degen in der Luft umher.

Ein Mann mit grauem Bart, der oben am Tisch saß, stand mit ernster Miene auf. Er nahm seinen Stiefel, goß vier Flaschen Wein hinein, verneigte sich vor den Festgenossen und trank ihn dann, ohne Atem zu schöpfen, in eiem Zuge aus.

Jetzt bemerkte er Sardal und streckte ihm freundlich grüßend die Hand entgegen. Im selben Augenblick standen alle von ihren Plätzen auf, und es sah aus, als ob sie den Ankommenden mit großem Beifall begrüßten. Indessen vernahm dieser auch nicht einen Laut, und Totenstille lagerte über dem Festsaal.

Die Festgenossen, die sehr lebhaft miteinander zu sprechen schienen, erwarteten offenbar noch irgend etwas anderes. Sie wurden bedient. Zwei Diener schleppten ein sehr großes silbernes Becken herbei, das sie mitten auf den Tisch setzten, während zwei andere ein Kind, ein kleines, ganz nacktes Mädchen, das entsetzt um sich schlug und sich verzweifelt wehrte, herbeitrugen. Sie hielten das arme Geschöpf über das Gefäß und schnitten ihm mit einem scharfen Messer die Kehle durch, das Blut spritzte heraus und floß in das Silberbekken. Darauf schüttete man große Mengen roten Weines darein, und mit dieser entsetzlichen Mischung wurden dann Becher und Schalen gefüllt. Der Vorsitzende ergriff ein großes Kelchglas von Kristall, füllte es, und sich dem Gaste nähernd, bot er es ihm mit graziösem und edlem Lächeln an.

Sardal wagte nicht, es zurückzuweisen. Als er sein Glas erhob, folgten alle Anwesenden seinem Beispiele, und es war, als ob man, ehe getrunken wurde, einen Toast auf ihn ausgebracht habe.

Dabei aber wurde die tiefe Stille nicht unterbrochen, und der Gast trank wie alle anderen; der fade, zu Kopf steigende Geschmack des Getränkes fiel ihm auf die Nerven. Voller Abscheu warf er das Glas auf die Marmorplatten des Fußbodens, wo es ohne jedes Geräusch zerschellte. Dann verließ er den Saal beinahe laufend, so schnell er konnte, und schlug die Tür heftig hinter sich zu. Es war aber, als ob sich die Türe in Angeln von Öl bewege und in einen Rahmen von Watte versänke.

Er stieg die zum Vestibül der ersten Etage führende Treppe hinauf. Es hatte keine Säulen, war oval und in grünem Stein ausgeführt, und es wurde von kupfernen Lampen erleuchtet. An jeder Außenseite befand sich eine Türe von Elfenbein. Er öffnete die nach rechts gelegene und betrat einen völlig düsteren Raum, den der matte Schein von ein paar Laternen nicht zu erhellen vermochte. Eine feuchte, mit widerlichem Gestank erfüllte Luft schlug ihm entgegen. In weiter Entfernung sah er einen fahlen Lichtschein vorübergleiten. Ein unbekanntes kaltes und klebriges Etwas berührte plötzlich sein Gesicht.

Er floh und wandte sich der zweiten Tür zu.

Es war ein sehr großes vernachlässigtes Zimmer, in dem keine Möbel standen. Auf den halbaufgerissenen und zerbrochenen Platten des Fußbodens, unter einer an der Decke befestigten alten Lampe, stand ein Sarg aus schwarzem Holz. Unter dem halbgeöffneten Deckel sah man eine menschliche Gestalt, eine abgemagerte, mit Abschürfungen und Verletzungen bedeckte Hand klammerte sich am Rand des

Sarges fest. Ein mißgestaltetes Wesen kroch um den Sarg herum. Sein Gesicht war mager, die Nase gebogen, die ungeheuer großen Ohren endeten in einem zottigen Büschel roter Haare, und der große, rote Bart war unten spitz zusammengedreht. Brust und Rücken waren durch enorme Höcker verunstaltet. Die Beine waren in der Mitte des Oberschenkels abgeschnitten, aber mit Hilfe seiner langen und muskulösen Arme, mit denen er sich an den Sarg klammerte, bewegte dieser schreckliche Zwerg sich ziemlich rasch voran. Er trug eine rotseidene Mütze, von der kleine Schellen herabhingen, die jedoch keinen Klang von sich gaben. Sein Wams bestand zur Hälfte aus grünem und halb aus blauem Tuche und war mit einer Menge kanariengelber Bänder garniert. An seinem Gürtel trug er einen mächtigen Hammer. Eine goldene Kette hing um seinen Hals und verlor sich in einer auf der Brust befindlichen Tasche. Es hing eine große Uhr daran, die er unaufhörlich herauszog und mit unruhig fragender Miene betrachtete. Er machte die größten Anstrengungen, um den Deckel über dem Sarg völlig zuzuklappen und den darin steckenden Unglücklichen so zum Gefangenen zu machen, wogegen dieser sich mit verzweifelter Energie wehrte.

Der Zwerg ließ jedoch in seinen Bemühungen nicht nach und begann, sobald er den Deckel niedergedrückt hatte, ihn mit langen Nägeln festzumachen. Er schwang den Hammer mit starker Hand und ließ ihn mit wuchtigen Schlägen niederfallen – ohne daß dadurch das leiseste Geräusch entstanden wäre. Es gelang ihm, den Sarg an der einen Seite zuzunageln, und er zog vergnügt seine Uhr heraus, um danach zu sehen; indessen war es aber seinem Gefangenen gelungen, die Nägel von der andern Seite des Sargdeckels zu entfernen, und er drängte seinen dicken, bleichen und blutigen Kopf, der mit gelbem Haar bedeckt und ganz von den eingedrungenen Nagelspitzen zerrissen war, mühsam unter dem Deckel hervor. Er versuchte die nackten Schultern nachzudrängen, aber schon war der Zwerg herangekrochen, und sich nur ab und zu unterbrechend, um auf die Uhr zu sehen, schlug er mit Aufbietung all seiner Kräfte mit dem Hammer auf den Schädel des Opfers, das mit angsterfüllten Augen zu Sardal hinblickte und ihn flehentlich um Hilfe zu bitten schien. Aber auch sein Henker schien Sardal irgend etwas mitzuteilen, wobei er mit Bestimmtheit auf das Zifferblatt seiner Uhr hinwies.

Sardal näherte sich, um dem Eingeschlossenen zu helfen, aber als er den Sarg erreicht hatte, drückte er den Deckel mit voller Kraft herunter und kniete dann, jeden Widerstand unterdrückend, fest darauf, während der Zwerg voller Freude fortfuhr, die langen Nägel einzuschlagen und dazwischen auf seine Uhr zu sehen.

Als er sein Werk vollendet hatte, erhob Sardal sich, ohne zu begreifen, aus welchem Grunde er so gehandelt habe, und ging der Türe zu. Als er hinausging, bemerkte er jedoch, daß es dem Eingeschlossenen dennoch gelungen war, ein Brett des Sargdeckels loszubrechen, und daß er sich die größte Mühe gab, seinem schrecklichen Gefängnis zu entschlüpfen, während der Zwerg sich wütend auf ihn stürzte und seinen Schädel mit Hammerschlägen bearbeitete, wobei er fortfuhr, verzweifelt auf die Uhr zu sehen.

Der dritte große Saal hatte eine ovale Form. Die Mitte der Decke wurde durch ein ebenfalls ovales Gewölbe von Ebenholz gebildet, das aber viel kleiner war. Ringsherum befanden sich gotische Kapellen, die durch Bogen und Säulengänge begrenzt wurden; jede dieser Kapellen war in einer anderen Farbe gehalten – wassergrün, orangegelb, dunkelviolett, silberweiß, malvenfarbig, scharlachrot und mattrosa.

Die Decke jeder dieser Kapellen war mit Arabesken in den Farben der sechs anderen geschmückt und durch eine Menge kleiner, vierfarbiger Lampen erhellt, die an nur ein Fuß langen Ketten befestigt waren und daher den Fußboden in irisierendem Halbdunkel ließen.

Die Mauern waren mit köstlichem Samt ausgeschlagen, der in denselben Farben prangte wie die Zierate der gewölbten Decken. Als Sardal sich gegen eine Seitenwand stützte, fühlte er, wie weich und elastisch diese war. Die Füße versanken in weichen Seidenteppichen von schwarzem, golddurchwirktem Grund, in denen Blumen in den Grundfarben der Kapellen verstreut waren. Überall lagen üppige weiche Kissen und das herrlichste Pelzwerk umher.

Im Hintergrund des Saales erhob sich eine aus Gold gebildete Kuppel. Die Wände waren mit Goldbrokat bespannt. Auf einer goldenen Estrade, zu der Stufen hinaufführten, stand ein großer Thron aus Kristall unter einem ebenfalls kristallenen Baldachin, der das Licht auffing und zurückwarf. Auf diesem Thron aber saßen, wollüstig aneinandergeschmiegt, und eine die andere zärtlich umschlingend, zwei völlig nackte Frauen, die sich küßten. Sie besaßen die ganze Pracht des Lebens und dabei die ewige Unbeweglichkeit von Statuen. Ihre Schönheit war göttlich.

Sardal bemerkte erst jetzt, daß sich eine große Zahl von Frauen in dem Saale befanden – junge, schöne Frauen, Typen aus aller Welt: schwarze Frauen, rote, gelbe Frauen, aber die Zahl der weißen Frauen war die größte, ihre Schönheit war von verschiedenster Art.

Sie waren in mannigfachster Weise geschmückt. Viele waren völlig nackt und trugen nur einige Juwelen zur Schau; andere hatten die mit Flaum bedeckten Stellen ihres Körpers mit Gold- und Purpurfäden durchflochten. Andere waren in ganz durchsichtige Seidennetze gehüllt, in denen die Schönheit ihrer zarten Haut zur vollen Geltung kam. Mehrere trugen Spitzengewänder oder leichte, an den Hüften offene Tunikas. Wieder andere umhüllten sich mit flitterbesetzten Gazeschärpen, drapierten sich mit in leuchtenden Farben prangenden Kaschmirshawls oder Streifen leichten, mit Silberplättchen besetzten Stoffes.

Sie glitten in dem Halbdunkel des Saales hin und her, schwangen sich in müden, üppigen Tänzen, die dem Rhythmus einer stummen Musik zu folgen schienen, die auf dem Boden hockende Musikerinnen auf fremdartig aussehenden Instrumenten ausführten.

In üppigen, wollüstigen Stellungen sich rhythmisch hin und her wiegend, glitten sie dahin, bildeten jetzt Ketten, berührten einander mit schneller Liebkosung, trennten sich dann, um andere Küsse, ebenso flüchtige Umarmungen auszutauschen.

Rund um den goldenen Thron knieten sieben Frauen, die in weite Seidenmäntel gehüllt waren, von denen jeder die Farbe einer der sieben Kapellen trug und die reich mit Blumen bestickt waren. Köstliche Edelsteine leuchteten aus ihrem Haar. Ihre frommen Hände schwangen goldene Räucherfässer, denen köstliche Düfte entstiegen, das Opfer, das sie dem Symbol ihrer Gottheit darbrachten.

Aber unter dem Gewölbe von Ebenholz, unter den vielfarbigen Lampen schlangen die Tänzerinnen ihren Reigen, und ihr aufgelöstes Haar floß über den wogenden Busen.

Die Zärtlichkeiten, die sie miteinander austauschten, wurden schmachtender und länger, ihre Küsse wurden glühender. Sie sanken miteinander in die weichen Pelzdecken, und eng aneinandergepreßt, berauschten sie sich in wollüstigen Genüssen.

In dem nebelhaft geheimnisvollen Halbdunkel bildeten sich immer neue Gruppen oder leuchtete plötzlich das weiße Fleisch auf. Purpurlippen öffneten und vergruben sich ineinander. Eng umschlungene Gestalten berauschten sich in glühenden Küssen. Der Duft der Liebe wehte über ihren Verzückungen.

Da geschah es, daß auch Sardal sich von einem wütenden sinnlichen Gelüste ergriffen fühlte.

Er ging auf die am Boden liegenden, sich ihm willig darbietenden Mädchengestalten zu; aber die um ihre Gottheit knienden Priesterinnen erhoben sich und traten ihm entgegen.

Sie waren die einzigen Frauen des Saales, die aufrecht standen, und Sardal sah nun, wie schön sie alle sieben, wie reich geschmückt, wie fein geschminkt sie waren, und er sah staunend auf die üppige Pracht ihrer Glieder, die von dem mit Edelsteinen gezierten, aufgelösten Haar und ihren langen Seidenmänteln umflossen waren. Sie traten näher und bildeten einen Halbkreis um ihn. Die beiden an den Außenseiten stehenden Priesterinnen hatten schwarzes Haar mit bläulichen oder bronzefarbenen Reflexen; ihre Augen waren dunkel. Sie trugen unter ihrem langen Mantel nur eine dunkelfarbige Schärpe von chinesischer Seide, die fest um die Taille geschlungen war, um die Büste mehr hervortreten zu lassen. Der Mantel der einen war wasserfarben, der der andern mattrosa. Die nackte Schönheit der ihm zunächst stehenden Priesterinnen hob sich von dem malvenfarbenen und orangegelben Hintergrunde ihres Seidenumhangs ab. Ihr Hals, ihre Taille, ihre Brüste, Hüften und Arme waren mit Geschmeide und Edelsteinen vom reinsten Wasser geschmückt. Perlenketten kreuzten sich über ihren Füßen, Perlenketten waren durch ihr Haar geschlungen und fielen, untermischt mit leuchtenden Steinen, wie eine funkelnde Linie über ihren Körper herab.

Die Topase der rechtsstehenden, braunhaarigen Schönen leuchteten wie ihre Augensterne und die durchsichtigen Smaragde der andern wie die ihrer rothaarigen Trägerin. Dann kamen zwei blonde Priesterinnen; die goldblonde hatte einen scharlachroten Mantel um, die, deren Haar wie matter Bernstein leuchtete, einen dunkelvioletten. Von der Taille bis zu den Füßen herab waren sie in fest anliegende Seidennetze gehüllt, die um die Taille von einem Gürtel gehalten wurden; diese Gürtel waren aus Samt, der eine war schwarz und hatte ein Rubinschloß, der andere, rote, eine Diamantagraffe. Sie trugen schwere Halsbänder um ihren nackten Hals.

Aber Sardal hatte nur Augen für die ihm gegenüber in der Mitte stehende junge Schönheit. Ihr mit Perlen durchflochtenes Haar hing in schweren Massen zu beiden Seiten des Gesichtes herab. Über der Stirn trug sie ein Diadem. Ihre blauen Augen hatten einen strahlenden Ausdruck. Ihr Mantel von Silberbrokat umfloß sie in schweren Falten, und ihr wunderbar geformter nackter Körper zeigte sich in seiner ganzen Schönheit ohne jeden weiteren Schmuck.

Langsam traten sie auf ihn zu, und ihre Mäntel schleppten hinter ihnen her wie die Flügel verwundeter Vögel. Plötzlich wurde Sardal sich bewußt, daß auch er völlig nackt war. Und dann warfen sich die Priesterinnen über ihn, umarmten und liebten ihn. Er fühlte die elektrisierende Berührung ihrer Hände und Lippen auf seiner nackten Haut. Der Duft ihres Haares umfloß ihn. Die Wärme und die Berührung ihrer zitternden Körper erregten seine Sinne bis zum Wahnsinn.

Er versank in Wollust und verlor das Bewußtsein für alles andere in der Welt. Er gab sich völlig der Sinneslust hin, und jeder Nerv seines Körpers bebte in Entzücken und Schmerz. Er erstickte beinahe, er wurde von schwindelndem Taumel erfaßt, er röchelte wie ein Sterbender unter dem verzehrenden Hauch der Küsse und den Liebkosungen dieser Frau mit den blauen Augen... und dem unendlich grausamen Munde...

Ringsum aber herrschte tiefes Schweigen.

Es dauerte sehr lange, bis Sardal die vielen Stufen der düsteren Treppe erstiegen hatte, die auf die das Schloß krönende Plattform mündete.

Es war jetzt dunkle Nacht. Der Mond war hinter den Wolken verschwunden. Das, was er auf der großen Plattform fand, von der aus der Blick über die Wipfel der höchsten Bäume weg weithin das Land beherrschte, war folgendes:

Mitten darauf stand ein steinerner großer Sessel, auf dem ein Greis saß. Seine Arme stützten sich auf die granitnen Seitenlehnen seines Sitzes, den Kopf hielt er gesenkt. Seine Kleidung bestand aus einem Panzerhemd, dessen Eisenmaschen durch die Zeit gelitten hatten und vom Rost beschädigt und zerfressen waren. Rechts von ihm stand eine hohe Wasseruhr, links eine Sanduhr, grade vor dem Alten in einer durch einen Hühnerkorb gebildeten Nische eine hohe bronzene Standuhr.

Der stählerne Zeiger durchlief das große Zifferblatt, während auch nicht das leiseste Geräusch verkündete, daß das Räderwerk der Uhr sich bewegte. Selbst das den Lauf der Zeit verkündende gewohnte monotone Tik-Tak durfte die tiefe Stille nicht unterbrechen, die vielleicht noch drückender als in dem ganzen Schloß über diesem Ort lag und alles Leben erstickte.

Sardal trat näher heran. Auf den oben an der Rücklehne des Sessels befindlichen steinernen Kugeln saßen unbeweglich, und nur die roten Augen rollend, zwei Eulen. Auf dem Schädel des Greises und in seinem weißen Haar, das in dichten verwirrten Massen herabhing, hatte ein Rabe sein Nest gebaut, auf dem er unbeweglich saß. Mit seinem steifgehaltenen Kopf und den herabhängenden Flügeln sah er aus wie eine Helmzier. Der weiße, dichte Bart des Alten fiel unverhältnismäßig lang herab und schlang sich um den Untersatz der Standuhr.

Sardal neigte sich, um dem Greis in die Augen zu sehen. Sein Antlitz schien noch viel älter zu sein als alles, was ihn umgab. Es sah aus, als sei es aus einem festen, unzerstörbaren harten Stein gehauen, der die Zeit überdauern würde. Die Muskeln, die metallenen Saiten glichen, lagen unbeweglich unter der starren Maske seines Gesichtes. Die fest aufeinandergepreßten Lippen schienen für immer geschlossen zu sein.

Endlich aber begegnete sein Blick dem Sardals. Von dichten, schneeweißen Wimpern und Brauen umgeben, hatten seine Augen die Farbe und den hellen Glanz des Vollmondes; es ging ein leuchtendes Fluidum davon aus, das der polierte Stahl des Uhrzeigers reflektierte, dessen Voranrücken auf dem Zifferblatt der Greis mit leidenschaftlichem Interesse beobachtete.

Da aber, in dem Moment, wo Sardal in diese wunderbaren Augen blickte, geschah es, daß ganz plötzlich der Geist der Neugierde und des Mutes, die ihn bisher geleitet, den jungen Abenteurer verließen. Eine unerträgliche Seelenqual, ein unerhörtes Grauen und eine häßliche Angst bemächtigten sich seiner Seele.

Im selben Augenblick wurde die ringsum herrschende Stille durch die die Mitternacht verkündende Stimme der Uhr unterbrochen. Der plötzliche Klang dieser Töne hatte etwas Anormales und Spukhaftes, sie erschienen Sardal als ein so grauenhaftes Phänomen, daß sein Herzschlag stockte und seine Gedanken sich zu verwirren drohten.

Dann brach von allen Seiten ein wilder Lärm los. Man vernahm das Klirren von Schwertern, das verzweifelte Stöhnen Gefolterter und Sterbender. Dazwischen ertönten Tanzweisen und Liebesgeflüster und der Lärm von auf dem Boden zerschellenden Gläsern. Wilde Verwünschungen mischten sich mit dem Quaken von Fröschen, dem Brausen eines Wasserfalls. Die Eulen kreischten, der Rabe krächzte und schlug mit den Flügeln.

Aber, all diesen Lärm übertönend, vernahm Sardal ein unsinniges Freudengeschrei, ein wahres Triumphgeheul, das ein nur wenige Schritte von ihm entfernt stehendes Wesen ausstieß.

Er blickte hin – und erkannte sich selbst! Er erkannte seine eigene körperliche Erscheinung, die nur wenige Schritte entfernt von ihm stand, und mit Grauen empfand Sardal gleichzeitig, wie *seine* Seele in die Gestalt des Greises überging, er fühlte, wie seine Augen denen des Alten gleich wurden und sich auf das Zifferblatt der Uhr richteten.

Er war festgebannt auf seinem steinernen Sitz, während der einer Helmspitze ähnliche Rabe unbeweglich auf seinem Kopf saß. Einen letzten verzweifelten Blick vermochte er noch auf den zu werfen, der ihm seine menschliche Erscheinung geraubt hatte und der, nun endlich erlöst, so rasch wie möglich davoneilte. Er sah ihn – aber er hörte ihn nicht, denn mit dem zwölften Glockenschlag war, ebenso schnell, wie er sich erhoben, aller Lärm verstummt.

Wieder herrschte lautlose Stille auf der Plattform des Schlosses, eine Stille, die selbst die Stimme der Zeit verschlang. Unhörbar umkreiste der blanke Stahlzeiger, auf dem die Augen des Greises sich spiegelten, das Zifferblatt der Uhr, unablässig und mit leidenschaftlichem Interesse war das Auge des Alten darauf gerichtet.

Der Greis war allein zurückgeblieben...

Die Dame in Grün

Es ist unmöglich, festzustellen, zu welcher Zeit Lucie Dargel zuerst die Bekanntschaft der »Dame in Grün« machte, die eine solche Rolle in ihrem Leben spielte. Als ganz kleines Mädchen erzählte sie schon der Mutter von ihr, die absolut nicht verstand, was ihr Töchterchen meinte.

»Wie drollig diese Kleine ist«, sagte Frau Dargel, die Witwe war und ihr einziges Kind abgöttisch liebte; »sie hat eine so merkwürdige Einbildungskraft... Sie werden es kaum glauben, daß sie ihre Zeit damit verbringt, mit einer Person zu plaudern, die sie die ›Dame in Grün‹ nennt und die außer ihr kein Mensch sieht... natürlich, weil sie nur in ihrer Phantasie lebt... Sie sagt ihr guten Tag und auf Wiedersehen, fragt, wie es ihr geht, und erzählt ihr ihre kleinen Erlebnisse wie einer wirklich lebenden Person... Es ist geradezu unsinnig, eine so lebhafte Phantasie zu haben! Dieses Kind ist zu intelligent, zu nervös... Ich muß durchaus mit dem Arzt darüber sprechen...«

Aber der Arzt, den sie konsultierte, war zwar ein ganz tüchtiger Mann, der sich leidlich auf körperliche Krankheiten verstand, aber von geistigen Störungen nicht das Geringste wußte und der grünen Dame der kleinen Lucie nicht die mindeste Bedeutung beilegte. Er sagte, daß einzige Kinder, die keine Geschwister haben und zuviel sich selbst überlassen sind, sich oft solche eingebildeten Kameraden schaffen. Er erklärte, daß das kleine Mädchen, das er von seiner Geburt her kannte, eine bewunderungswürdige Gesundheit habe, was auch wahr war. Um Frau Dargel Genüge zu tun, verschrieb er Lucie ein kleines Beruhigungsmittel und versicherte, daß ihre Einbildungen mit dem raschen Wachstum der Kleinen zusammenhingen und sehr rasch vorübergehen würden.

Es ging jedoch nicht vorüber, aber Lucie lernte bald die Gegenwart der Dame in Grün zu verhehlen. Als sie bemerkte, daß ihre Mutter und ihre kleinen Schulkameradinnen sie verblüfft anschauten, wenn sie von der Dame in Grün sprach, die nur sie sah und die die anderen nicht sahen, hörte sie auf, diesen von der geheimnisvollen und unsichtbaren Person zu erzählen. Sie erbat keinerlei Erklärungen und gab auch selbst keine; aber es ist ganz gewiß, daß sie nach wie vor häufig mit der Dame in Grün verkehrte, denn ihre Mutter fand sie oft, wie sie mit völlig ruhigem Gesichtsausdruck, mit halblauter Stimme, aber ganz vernünftig plauderte – sich mit dem Nichts, der Leere vor ihr, zu unterhalten schien.

Die Dame in Grün begleitete Lucie durch ihre ganze Schulzeit, und als sie erwachsen war und von ihrer Mutter in die Welt eingeführt wurde, fand sie auch dort die geheimnisvolle Gefährtin wieder. Lucie hatte sich zu einem ungewöhnlich hübschen Mädchen entwikkelt, sie war ziemlich schüchtern, sanft, sehr intelligent, ernst und taktvoll. Die Dame in Grün war ihre einzige Absonderlichkeit, sie sprach nicht mehr von ihrem Erscheinen, aber sie verbarg es auch nicht. Wenn sie irgendwo auf Besuch war, oder auch wenn sie spazierenging, sah man sie plötzlich sich mit leisem Senken des Hauptes nach einem leeren Stuhl oder einem verlassenen Winkel hin graziös verneigen, während ihre Lippen halblaute höfliche Begrüßungsformeln murmelten. Ihre Freunde und Bekannten waren schon so daran gewöhnt, daß sie sich nicht mehr darüber wunderten. Wenn ein Fernstehender es bemerkte und sie erstaunt nach dem Grunde eines so seltsamen Wesens fragte, lächelte sie meistens, ohne eine Antwort zu geben, manchmal aber sagte sie sehr ruhig: »Mit wem ich rede? Nun, natürlich mit der Dame in Grün! Da ist sie ja, natürlich.«

Viele Leute glaubten, daß dies eine Art von Pose sei, daß Lucie gern für etwas Besonderes gehalten zu werden wünschte; aber die intimen Freundinnen des jungen Mädchens beunruhigten sich schon längst nicht mehr deshalb; auch ihre Mutter nahm keine Notiz von solch seltsamem Gebaren, und trotz der Dame in Grün erschien Lucie körperlich und geistig vollkommen frisch und gesund.

Als sie ungefähr zwanzig Jahre alt war, verheiratete sich Lucie. Sie liebte ihren Gatten auf das zärtlichste; er war ein junger, ehrgeiziger Advokat, dessen Zeit ganz von seinem Beruf in Anspruch genommen war. Er betete Lucie an, und da Frau Dargel, als er seinen Antrag machte, sich verpflichtet glaubte, ihn auf das, was sie eine kleine Originalität ihrer Tochter nannte, aufmerksam zu machen, und ihm von der unsichtbaren Gefährtin sprach, die diese von ihrer frühesten Kindheit an immer um sich sah, da lachte er herzlich darüber. Lucie war so wunderhübsch, so liebenswürdig und vernünftig, daß diese kleine Absonderlichkeit ihm beinahe wie ein Reiz mehr erschien.

»Nun«, so meinte er lustig, »dann hat sie eine Freundin, die wenigstens nicht so schwatzhaft und oberflächlich ist, wie all die kleinen Papagei-Weibchen, mit denen sie verkehrt. Übrigens werden Sie sehen, wie rasch sie diesen Unsinn vergißt.«

Und in der Tat schien Lucie in den ersten Monaten ihrer Ehe – während der Hochzeitsreise nach Ägypten und der darauffolgenden fröhlichen Zeit, in der sie von der Einrichtung des neuen Heims und den ersten gemeinschaftlich besuchten Gesellschaften ganz in Anspruch genommen war – die Dame in Grün vollständig vergessen zu haben. Nur nach der Zeremonie der Trauung war sie ihr zweifellos erschienen. Denn als die Hochzeitsgäste bei der sogenannten Gratulationscour an dem jungen Paar vorüberdefilierten, bemerkten sie, wie die Braut plötzlich die Hand ins Leere ausstreckte und mit einigen liebenswürdigen Worten für Glückwünsche dankte, die kein lebendes Wesen ausgesprochen hatte.

Aber im folgenden Winter kehrte die Dame in Grün zurück. Lucie war traurig, weil ihr Mann, dessen Zeit ganz von politischen Angelegenheiten und einem wilden Wahlkampf beansprucht war, sie gegen seinen Willen ein wenig vernachlässigte. Es war an einem ihrer Empfangstage, als sie mit einer leichten Bewegung des Erstaunens einer Person entgegenging, die niemand sah. Sie rückte ihr einen Stuhl hin, unterhielt sich halblaut mit ihr und setzte ihr eine Tasse Tee auf ein Tischchen. Ihre Mutter war die einzige unter allen Anwesenden, die dieses überraschende Benehmen bemerkte, aber sie war an derartiges so gewöhnt, daß sie sich nicht darüber wunderte.

Von da an kam die Dame in Grün sehr oft wieder. Lucie sprach häufig mit ihr, jedoch mit so leiser Stimme, daß man nicht verstand, was sie sagte; aber wenn die rätselhafte Erscheinung der jungen Frau anfangs Vergnügen gemacht zu haben schien, so änderte sich dies doch sehr bald, indem sie vielmehr ein peinliches Gefühl in Lucie auslöste. Es schien, als ob die nur ihr sichtbare Gestalt der Dame in Grün sie ermüdete und einen unbestimmten Verdacht in ihr erweckte. Sie wurde unglücklich und reizbar wie eine Frau, die von einem unbestimmten Kummer gequält wird. Obgleich ihr Mann sie noch ebenso zärtlich liebte wie am ersten Tage ihrer Ehe, so war er doch in dieser Zeit so mit geschäftlichen Dingen überhäuft, daß er sie ziemlich viel sich selbst überlassen mußte. Es steht außerdem zweifellos fest, daß die Dame in Grün sich, selbst wenn die beiden jungen Leute allein miteinander waren, einzudrängen wußte; Lucie wurde dann plötzlich ohne jeden Grund unruhig und ungeduldig und murmelte: »Was, da ist sie schon wieder! Sie könnte uns doch wohl ein wenig allein lassen, ich habe ihn nicht zuviel bei mir...«

Eines Tages aber fügte sie, ihren Mann scharf ansehend, noch hinzu: »Freilich, wenn es dir Vergnügen macht?«

Er antwortete nicht darauf. Er dachte an die Leitung einer Gruppe des Parlaments, zu deren Partei er gehörte.

Zwei Tage später trat Lucie bleich und mit rotgeweinten Augen vor ihren Gatten und sagte barsch: »Du findest sie hübscher als mich, nicht wahr?«

»Wen denn?« fragte er erstaunt.

»Oh! Ich bitte dich«, murmelte die junge Frau bitter, »verstelle dich doch nicht; ich weiß ganz genau, was ich davon zu halten habe!«

Sie fügte kein weiteres Wort hinzu. Er legte ihrer Erregtheit keinen Wert bei, glaubte an einen vorübergehenden Anfall von Nervosität oder daß irgendeiner aus der Verwandtschaft ihn verdächtigt und ihre Eifersucht erregt habe. Da er, wie alle Männer dies sind, sehr zufrieden damit war, eine wenn auch völlig ungerechtfertigte Eifersucht erregt zu haben, zu gleicher Zeit aber auch aufrichtig betrübt darüber war, sie so unglücklich zu sehen, so war er doppelt zärtlich und freundlich zu ihr, versprach ihr, in Zukunft nicht mehr so ausschließlich seinen Geschäften zu leben, sprach von hübschen gemeinschaftlichen Reisen und Vergnügungen. Lucie schien wirklich getröstet zu sein und lächelte ihrem Mann freundlich zu, aber nachdem er sie verlassen hatte, weinte sie verzweifelt, rang die Hände und murmelte: »Ich liebe ihn zu sehr... Ich kann das nicht ertragen... ich kann es nicht...«

Drei Tage später – die Dame in Grün war offenbar während dieser Zeit nicht erschienen – kehrte Lucie plötzlich nachmittags nach Hause zurück, nachdem sie vorher mit Bestimmtheit angekündigt hatte, daß sie erst zum Abendessen wieder da sein würde. Sie eilte zu dem Arbeitszimmer ihres Mannes, in dem sich dieser ganz allein befand, sie stürzte hinein. Dann vernahm man einen verzweifelten Wutschrei und unmittelbar darauf zwei Schüsse.

Man ergriff sie, während sie noch den rauchenden Revolver in der kleinen behandschuhten Hand hielt und während ihr Mann, in einer Blutlache am Boden liegend, die letzten Atemzüge aushauchte.

»Ich habe ihn zu sehr geliebt«, sagte sie einfach, »und er hat mich betrogen. Ich habe ihn soeben mit seiner Geliebten überrascht... Es ist die Dame in Grün, die dort in dem Winkel steht und mich verhöhnt«, fügte sie hinzu, mit dem Finger nach der leeren Ecke des Arbeitszimmers zeigend.

Der Mord des Amerikaners

Am 12. November befand sich unter den Vermischten Nachrichten folgende Sensation erregende Mitteilung:

»Ein geheimnisvolles Drama, das sich auf dem Platze des Théâtre français zugetragen hat.

Gestern, Samstag, beim Morgengrauen wurden die wenigen Vorübergehenden, die durch den kalten Nebel eilten, von einem lauten, grauenvollen Schrei erschreckt. Zu gleicher Zeit stürzte aus dem an der Ecke der Avenue de l'Opéra gelegenen kosmopolitischen Hotel ein menschlicher Körper auf das Trottoir.

Man eilte herbei, um das Opfer aufzuheben, das mit gespaltenem Kopf und zerbrochenen Gliedern dalag und kein Lebenszeichen mehr gab. Der Tod mußte sofort eingetreten sein. Die Angestellten des Hotels erkannten die Leiche als die eines Amerikaners, Josua Wilson, der in der fünften Etage wohnte, und zwar mit einem seiner Vettern, Thomas Wilson.

Die Polizeibeamten begaben sich sofort in die Wohnung dieses Herrn und fanden ihn halb angekleidet, sehr erregt und mit mehreren frischen Verletzungen am Kopf, die er im Begriffe war zu verbinden, als man in seine Gemächer eindrang. Er verweigerte auf das entschiedenste, irgendwelche Aufklärung über das Drama zu geben, das sich hier abgespielt, erklärte jedoch, unschuldig an irgendeinem Mord zu sein. Er wurde trotzdem sofort verhaftet.

Die Untersuchung ergab, daß die beiden Amerikaner seit ungefähr zwei Monaten im kosmopolitischen Hotel wohnten. Herr Thomas Wilson, der die französische Sprache vollkommen beherrschte, war ein Mann von ungefähr vierzig Jahren, der reich und ein großer Freund des Vergnügens zu sein schien. Sein Vetter, das unglückliche Opfer, war sieben oder acht Jahre jünger; er schien völlig abhängig von ihm und in der Stellung eines ›armen Verwandten‹ bei ihm zu sein. Er sprach nur Englisch, war sehr schwerhörig und schweigsam und schien einen ziemlich menschenscheuen Charakter zu haben.

Er verbrachte die meiste Zeit allein auf seinem Zimmer, wo er sich einzuschließen pflegte, rauchte, las oder melancholisch auf die Straße blickte.

Es gab nur eine Person, der es anscheinend gelungen war, ihm etwas näher zu treten. Es war dies ein junges englisches Mädchen namens Ethel Campbell, das im Hotel das Amt der Wäschebeschließerin vertrat. Diesem jungen Mädchen gegenüber war es Josua gelungen, seine große Schüchternheit zu überwinden, und es ist nicht auszuschließen, daß sich zwischen den beiden eine kleine Liebesromanze entsponnen hatte, denn als die junge Engländerin den schrecklichen Tod des Amerikaners erfuhr, verfiel sie in eine heftige Nervenkrisis. Man mußte sie zu Bett bringen und einen Arzt holen.

Herr Eglantine, der hervorragend tüchtige Polizeikommissar des Viertels, hat dann die Wohnung der beiden Amerikaner auf das genaueste untersucht. Sie haben sich, wie es scheint, ausschließlich mit wissenschaftlichen Dingen beschäftigt, denn der Beamte entdeckte in einem sorgfältig verschlossenen Schrank viele physikalische Instrumente und elektrische Akkumulatoren sowie einen eigentümlichen Apparat, der eine gewisse Ähnlichkeit mit den Instrumenten hatte, deren man sich bei der drahtlosen Telegraphie bedient.

Herr des Angles, der bekannte Richter, ist damit beauftragt, Licht in diese ziemlich rätselhafte Sache zu bringen.

Thomas Wilson ist in das Untersuchungsgefängnis gebracht worden, nachdem man seine Wunden verbunden hat, die übrigens leicht und in keiner Weise besorgniserregend sind. Er hat, wie man sagt, den berühmten Advokaten Herrn Cabrolle gebeten, seine Verteidigung zu übernehmen.

Die Leiche des Opfers ist in die Morgue überführt worden, wo die Autopsie stattfinden wird.

Nach einer Mitteilung, die wir jedoch hier nur mit allem Vorbehalt wiedergeben, soll sich hinter dem des Mordes angeklagten Amerikaner, dem Pseudonym Thomas Wilson, die Person eines sehr berühmten Gelehrten verbergen, der sich sowohl in den Vereinigten Staaten wie auch in Europa durch seine sensationellen wissenschaftlichen Entdeckungen eines bedeutenden Rufes erfreut. Wir sehen einstweilen davon ab, den Namen dieser hervorragenden Persönlichkeit zu veröffentlichen; sollte diese überraschende Mitteilung auf Wahrheit beruhen, so würde dieses Ereignis ein ungeheures Aufsehen erregen.«

Der so dargestellte Mord des Amerikaners erregte selbstredend das höchste Interesse des Publikums, um so mehr, da es sich erwies, daß die unter allem Vorbehalt gemachte Mitteilung sich als wahr erwies. Schon die Abendzeitungen brachten den wahren Namen des sogenannten Thomas Wilson. Es war der berühmte Doktor Jeffries aus New York. Man veröffentlichte sein Porträt, seine Biographie und die Reihenfolge seiner Entdeckungen. Was das Opfer betrifft, so wußte niemand auch nur die geringste Auskunft über seine Person zu geben, so wenig wie über die Ursachen des Dramas.

Da der auf das Ereignis folgende Tag ein Sonntag war, so schritt die Untersuchung nicht voran. Der jungen Ethel Campbell ging es besser; sie war wieder aufgestanden und konnte ihren Dienst versehen, aber sie schien tief erschüttert zu sein und setzte allen in bezug auf den Mord an sie gerichteten Fragen ein hartnäckiges düsteres Schweigen entgegen.

Am Montagmorgen begab sich Doktor Gaspord, der Gerichtsarzt, in die Morgue, um die Leichenschau zu vollziehen, und zu gleicher Stunde wurde der des Mordes verdächtige Amerikaner zum ersten Male von dem Richter verhört, und zwar in Gegenwart seines Advokaten, des berühmten Maître Cabrolle.

Herr des Angles warf einen durchdringenden Blick auf den Amerikaner, dessen bartloses Gesicht noch ganz von dem weißen Verbandszeug umgeben war. In dem Augenblick aber, als der Richter den Mund öffnete, um das Verhör zu beginnen, schnitt ihm der Angeklagte das Wort ab und sagte: »Herr Richter, ich kann es nicht verantworten, die französische Justiz noch länger auf einem Irrwege wandeln zu sehen. In Gegenwart Herrn Cabrolles, der mir seinen unschätzbaren Beistand zugesagt, erkläre ich Ihnen hiermit der Wahrheit gemäß, daß ich unschuldig bin.«

»Ich bin durchaus geneigt, Ihnen das zu glauben«, antwortete der Richter mit vollkommener Höflichkeit, »aber der Schein ist gegen Sie, und alle Umstände weisen darauf hin, daß Sie es sind, der diesen Mord begangen hat.«

»Es liegt hier aber doch überhaupt gar kein Mord vor«, versicherte der Fremde.

»Ja, ja, ich weiß schon, nur ein Selbstmord! Wenigstens behaupten Sie dies! Aber die Verletzungen, die Sie davongetragen haben, die Tatsache, daß Sie sich ganz allein mit dem Verstorbenen im Zimmer befanden...«

»Aber es ist doch gar kein Mensch gestorben«, unterbrach der seltsame Amerikaner den Richter noch einmal in überzeugendem Ton. »Der Körper, den man auf der Place du Théâtre français, unter einem der Fenster des kosmopolitischen Hotels – durch das ich ihn selbst herabgeschleudert habe, wie ich gern zugebe – aufgehoben hat, ist ja nicht der Körper eines Menschen... Nein, nein, ich spiele mich hier nicht etwa geisteskrank auf, ich behaupte nur die einfache lautere Wahrheit, die zu beweisen mir sehr leicht sein wird: Das, was ich durch das Fenster geschleudert habe, war ein Automat, eine Maschine, die das Aussehen eines Menschen hatte, ein Androïde, den ich selbst im letzten Jahr konstruiert habe.«

Es entstand eine kurze Pause.

»Nun, Spaß beiseite«, murmelte endlich der Richter, »das ist ja Unsinn... das ist unmöglich... man würde das doch sofort gemerkt haben...«

»Herr Richter«, ergriff der Amerikaner mit offenem Lächeln das Wort, »dringen Sie nicht weiter in mich. Niemand hat auch nur das allergeringste gemerkt, zu meinem eigenen Erstaunen, denn ich dachte nicht, daß mein Werk so vollkommen sei... Haben Sie Villiers ›Eva der Zukunft‹ gelesen?«

In diesem Augenblick erhob sich vor der Tür ein kleiner Tumult, und Doktor Gaspord, von dem schon die Rede gewesen, drang ungestüm in das Zimmer.

»Das ist ja einfach unerhört«, rief er. »Wissen Sie, was man mir zur Autopsie untergeschoben hat? Eine fabrizierte Sache! Eine Art Puppe, die durch Elektrizität in Bewegung gesetzt werden konnte. Die Gehilfen des Laboratoriums waren entsetzt darüber! Sie haben es erst gemerkt, nachdem der Körper kalt geworden war, haben aber nicht gewagt, etwas davon zu sagen. Denn es scheint, als ob dieser Automat, solange die treibende Kraft funktionierte, die Temperatur eines menschlichen Körpers hatte. Ist das ein Kunstwerk! Ich sage euch, es ist einfach wunderbar! Dieser künstliche Mensch hat ein Herz, Gehirn, Lungen und Blut in den Arterien! Zweifellos ist er auch mit elektrischen Empfangsapparaten versehen! Es ist geradezu verblüffend.«

»Mein lieber Kollege, Ihre Bewunderung rührt mich aufs tiefste«, sagte der Amerikaner.

»Doktor Jeffries! Sie sind Doktor Jeffries! Mein teurer Meister! Mein berühmter Kollege!« Doktor Gaspord geriet vollständig in Begeisterung.

»Ich hoffe, Sie werden es entschuldigen, daß Ihnen Unbequemlichkeiten durch mich entstanden sind«, sagte der Amerikaner artig zu Herrn des Angles, »aber ich habe vergebens versichert, daß ich unschuldig sei, man hat es mir nicht glauben wollen. Und im Grunde war mir dies auch ganz recht. Ich bedurfte eines aufsehenerregenden Ereignisses, um meine Erfindung in die Welt einzuführen... In Amerika kennt man mich zu sehr, man würde sofort etwas vermutet haben, während hier die Sachlage eine ganz andere ist. Ein sensationelles Verbrechen, eine Verhaftung, die Zeitungsartikel, und dann plötzlich die in all diese Verwirrung wie eine Bombe hereinplatzende Wahrheit... das ist, wie Sie zugeben müssen, eine so großartige Reklame, wie sie feiner kaum erdacht werden kann. Bedenken Sie, daß ich seit mehr als zwanzig Jahren mich mit der Aufgabe beschäftige, einen völlig menschenähnlichen Automaten zu schaffen, daß ich fünf Maschinen konstruiert und wieder zerstört habe, ehe es mir gelungen ist, diesen von mir Josua genannten Androïden herzustellen! Die Akkumulatoren haben mir unendlich viele Schwierigkeiten gemacht, wir wissen so wenig über die Elektrizität... Aber ich werde Gelegenheit nehmen, Ihnen all dies bis ins kleinste Detail zu erklären. Ich habe eine Denkschrift darüber verfaßt, die ich der wissenschaftlichen Welt mitteilen werde... Ich werde gleichzeitig den Körper vorzeigen...«

»Aber, Verzeihung«, unterbrach ihn hier Herr des Angles, »wie ist es mit den Verletzungen, die Sie im Gesicht haben, woher stammen diese?«

»Meine Verletzungen?« Der Amerikaner zögerte ein wenig. »Nun«, erklärte er dann, »die hat er mir beigebracht. Ich habe Ihnen bereits gesagt, daß ich entschlossen war, den Glauben an einen Mord zu erwecken, ein sensationelles Ereignis herbeizuführen, um meine Erfindung zu lancieren. Aber ich wartete immer noch damit, ich scheute mich davor. Es widerstrebte mir, dieses Ding zu zerstören, das das Produkt unendlichen Studiums und jahrelanger Arbeit war, das meinen ersten vollständigen Erfolg bedeutete – das außerdem so wunderbar menschlich aussah... wenn es mich mit seinen großen klaren Augen anblickte... Endlich, in der Nacht des Mordes (er lächelte und verbesserte sich), der Nacht jenes Abenteuers, hatte ich ein Glas Whisky zuviel getrunken, um mir Mut zu machen. Ich kam sehr spät in der Nacht nach Hause, war hochgradig erregt, aber fest entschlossen, mein Vorhaben auszuführen. So ganz genau weiß ich nicht, was sich zugetragen hat – der Whisky, nicht wahr? – Ich muß es wohl vergessen haben, die treibende Kraft der Maschine abzustellen, ehe ich sie hinabstürzte – sicher ist, daß sie sich verteidigt hat – da ich die Spuren davon trage...«

»Sie hat sich verteidigt?« fragte der Richter ganz verdutzt.

»Nein! Ich will damit nur sagen, daß ich mich ungeschickt benommen habe.« Es glitt wie ein Schatten über das harte Gesicht des Amerikaners. »Ich hatte wirklich zuviel Whisky getrunken. Kommen Sie, meine Herren, lassen Sie uns zur Morgue gehen. Sie werden sich davon überzeugen, daß es eine einfache Maschine ist.«

»Und die kleine englische Dienerin?«

»Die kleine Magd? Ja, so! Nun, das war ein von mir angestelltes Experiment. Ich wünschte mir klar darüber zu werden, ob mein Automat wohl einen etwas tieferen Eindruck machen könnte. Ich konnte ihn natürlich durch die elektrischen Ströme in Bewegung setzen und ihm dann meine Befehle erteilen, die er gehorsam ausführte. Ich habe ihn dann drei- oder viermal mit dem jungen Mädchen allein gelassen, während ich mich, scheinbar um zu arbeiten, im Nebenzimmer eingeschlossen hatte... Nachher konnte ich mich wirklich des Lachens nicht enthalten, als ich sah, wie die Kleine dieser Maschine, mit der sie sich verlobt hatte, wie ich glaube, die zärtlichsten Blicke zuwarf... Es war wirklich eine gute Maschine«, fügte er hinzu.

»Ich beantrage, daß mein Klient sofort aus der Haft entlassen wird«, sagte Herr Cabrolle.

Dieser kurze Satz war alles, was der berühmte Advokat in dieser merkwürdigen Angelegenheit gesagt hat, aber er genügte, um seinen bedeutenden Ruf noch mehr zu festigen.

Der Ruhm des Doktor Jeffries verbreitete sich überraschend schnell. Von einem Tage zum andern waren er und sein Androïde zum Gespräch in der ganzen kultivierten Welt geworden. Die Zeitungen überboten einander in der Ausführung interessanter Details über die menschliche Maschine. Man erinnerte sich der historischen Automaten, sprach von den Androïden Alberts des Großen, Vaucausons, Maetzels, Hoffmanns und Villiers' de l'Isle Adam. Die Ansicht der Gelehrten war geteilt. Die Finanzleute stellten ungeheure Summen zu Verfügung, und Spekulanten schlugen vor, Gesellschaften zur Herstellung künstlicher Diener und belebter Statuen zu gründen. Doktor Jeffries wurde Ehrenmitglied einer ganzen Reihe wissenschaftlicher Gesellschaften; er erhielt viele Orden, und man verbreitete Tausende von Postkarten mit einem Porträt, auf vielen war auch das Bild des unglücklichen Josua Wilson mit angebracht.

Dieser war durch den Fall schon sehr schwer beschädigt worden; dazu kam, daß Doktor Gaspord ihn in den ersten Augenblicken des Staunens und der Erregung noch viel mehr verstümmelt hatte. Nachdem der arme falsche Leichnam durch verschiedene Hörsäle geschleppt worden, wurde er schließlich öffentlich ausgestellt, und die Menge defilierte an der wunderbaren Maschine vorüber und betrachtete staunend diesen jammervollen, so menschenähnlichen, mit schrecklichen Wunden bedeckten Körper, der ein Triumph des schöpferischen Genies des Menschen war.

Unter den vielen Neugierigen befand sich ein junges, blondes, sehr bleiches Mädchen. Sie schien, wie die Wächter dies später einstimmig erklärten, sich in einem Zustand höchster Erregung und Überreizung der Nerven zu befinden. Sie blieb minutenlang vor dem armen zerstörten Automaten stehen, ohne den Blick davon abzuwenden. Dann wandte sie sich mit leisem hysterischen Lachen ab und ging fort.

Doktor Jeffries hatte indessen seine bescheidenen Räume mit einer sehr üppigen Wohnung in der ersten Etage des kosmopolitischen Hotels vertauscht. Er beabsichtigte, in den nächsten Tagen von Paris abzureisen, um in den verschiedenen Hauptstädten Europas Vorlesungen zu halten, wobei er den Körper Josua Wilsons demonstrieren wollte. Er hatte gleichzeitig die Konstruktion eines neuen Josua begonnen. Am Abend desselben Tages, von dem wir eben sprachen, war Doktor Jeffries gegen Mitternacht nach Hause zurückgekehrt, als er plötzlich hörte, wie sich die Türe des Vorzimmers öffnete.

Er stand auf, um zu sehen, wer da komme, als er plötzlich in dem halbdunklen Salon die Umrisse eines zarten Schattens mit einer weißen Schürze vor sich sah. Er erinnerte sich dann gleich der kleinen englischen Magd. Er wollte reden, handeln – aber es blieb ihm keine Zeit dazu.

»Lügner, Lügner, Mörder!« zischte sie ihm halblaut hinter aufeinandergepreßten Zähnen entgegen... Sie erhob die Hand. Drei Revolverschüsse ertönten. Doktor Jeffries fiel vornüber und schlug mit dem Kopf auf den Boden auf. Ein Blutstrom entquoll seinem Munde, dann starb er.

Das Gespenst Herrn Imbergers

Es ist wahr, so erzählte mir der frühere Detektiv Barfin, daß von allem, was ich in meiner Praxis erlebt – und es hat da wahrlich nicht an aufregenden Ereignissen gefehlt –, doch das geheimnisvolle Verschwinden des Herrn Imbergers zu den rätselhaftesten und interessantesten Fällen gehört, die ich jemals verfolgt habe. Es ist damals sehr viel darüber gesprochen worden; jetzt, nachdem so viele Jahre darüber hingegangen sind und ich mich aus dem Dienste zurückgezogen habe, kann ich Ihnen Genaueres darüber mitteilen, denn der wahre Sachverhalt ist niemals in die Öffentlichkeit gedrungen.

Herr Imberger war ein reicher Mann, der von seinen Renten lebte und der nichts anderes tat als sammeln, und zwar war es seine Liebhaberei, Türklopfer zu sammeln. Ich verstehe nichts davon, aber ich glaube, daß er sehr seltene Stücke zusammengebracht hatte.

Diese Sammlung war eine seiner Geliebten – die andere war Andrea, seine Frau.

Er hatte die Fünfzig schon überschritten, als er heiratete. Seine Frau, mit der er nun schon drei Jahre in glücklicher Ehe lebte, war fünfundzwanzig Jahre jünger als er. Sie hatte blondes Haar und dabei schöne schwarze Augen; sie war ungewöhnlich hübsch und weitläufig verwandt mit Herrn Imberger. Natürlich besaß sie keinen Pfennig.

Sie bewohnten ein kleines, behagliches Haus, das in einer ruhigen Straße in Passy gelegen war und über dessen Gartenmauern hohe Bäume auf die Vorübergehenden herabblickten. Die Bedienung war bewährten alten Dienern anvertraut.

Ein Sohn von Herrn Imbergers ältestem Bruder lebte bei ihnen. Er hieß Max. Unter dem Vorwand, die Kunst des Malens zu studieren, hatte er sich beinahe ganz ruiniert, indem er zehn Jahre lang zuerst in Paris, dann in Italien, wieder in Paris und endlich im Orient ein wüstes, an sexuellen Exzessen reiches Leben geführt hatte und sich endlich darauf verlegte, als Hochstapler alte neurasthenische Weiber anzuführen. Als er wieder nach Paris zurückkehrte, war er völlig mittellos; dennoch empfing dieser prächtige Herr Imberger, der sein einziger Verwandter war, ihn nicht nur freundlich, sondern nahm ihn auch in sein Haus auf und stellte ihm sogar seine Börse zur Verfügung, als ob er sein eigener Sohn gewesen wäre – trotz aller üblen Geschichten, die man sich über den schönen Max, seine Neigung zum Spiel und seine vielen Händel mit übelberüchtigten

Frauen erzählte. Er rettete dadurch wahrscheinlich seinen Neffen davor, nähere Bekanntschaft mit der Polizei zu machen.

Imbergers junge Frau war, wie es scheint, zuerst nicht sehr einverstanden gewesen mit dieser Freundschaft. Obgleich Max ihr Vetter und außerdem der Spielgefährte ihrer Kindheit war, schien sie ihm zu mißtrauen, ja sogar ihn zu fürchten. Nach und nach jedoch hatte sich das aber gegeben und ganz ausgeglichen, und alle drei schienen einträchtig und vollkommen glücklich miteinander zu leben.

Die Sache hat an einem Februarabend angefangen. Frau Imberger war allein auf einen Kostümball gegangen. Imberger fand keinen Geschmack an derartigen Unterhaltungen, die Verkleidungen langweilten ihn, aber es freute ihn, wenn seine Frau sich amüsierte, und er ließ sie mitmachen, was sie nur wollte.

Außerdem aber kam er regelmäßig, um seine Frau abzuholen und nach Hause zurückzuführen; an diesem besonderen Abend hatte er versprochen, sich um ein Uhr mit ihr zu treffen, um gemeinschaftlich zu Abend zu essen.

Er kam nicht. Die Uhr schlug halb zwei, halb drei, kein Imberger erschien. Die junge Frau wunderte sich zuerst und beunruhigte sich dann; ihr Mann war die personifizierte Pünktlichkeit; zuerst suchte man sie zu beruhigen mit allen guten Gründen, die man bei solchen Gelegenheiten hervorsucht; da sich aber ihre Angst immer mehr steigerte, ließ sie sich endlich durch zwei Freunde ihres Mannes nach Hause begleiten.

Aber auch in dem kleinen Haus zu Passy, das dunkel und still dalag, war Imberger nicht zu finden. Die erschreckten Diener, die man aus ihrem Schlafe weckte, sagten aus, daß ihr Herr, gleich nachdem Madame gegangen sei, Gesellschaftstoilette gemacht und sich dann gegen elf Uhr in sein im Unterhause gelegenes Zimmer eingeschlossen habe. Er habe gesagt, daß er keinen mehr benötige, man möge zu Bett gehen. Er selbst habe noch etwas zu arbeiten und beabsichtige, sich dann zu Fuß in das Haus der befreundeten Familie zu begeben, wo seine Frau ihn erwarte. Der Neffe Max hatte in der Stadt gespeist und befand sich jetzt wohl im Klub. Er kam erst gegen vier Uhr, nach einem sehr bewegten Pokerspiel, nach Hause und geriet völlig außer Fassung über die unerklärliche Abwesenheit seines Onkels.

Es war am Morgen des darauffolgenden Tages, daß man mich damit beauftragte, die notwendigen Nachforschungen anzustellen. Ich hatte schon zu jener Zeit ein gewisses Renommee. Unser Chef vertraute mir die Führung dieser Affäre an, indem er mir sehr weitgehende Instruktionen gab, denn Herr Imberger war eine in ganz Paris bekannte Persönlichkeit, und sein rätselhaftes Verschwinden würde natürlicherweise einen Teufelslärm verursachen.

Ich mache mich sofort mit größtem Eifer an die Arbeit; ich untersuche das Haus in Passy aufs sorgfältigste, ich untersuche auch den Garten und finde nichts. Ich frage alle Welt. Die junge Frau – nie im Leben habe ich ein hübscheres Wesen gesehen als sie – mit ihren bleichen Wangen, ihren großen, tränenerfüllten Augen und dem aufgelösten Haar – die junge Frau antwortete auf alle Fragen, die ich an sie richtete, immer nur in derselben erschrockenen Weise: »Ich weiß es nicht, ich weiß nichts, er wollte kommen, er ist nicht gekommen... Oh, ich bitte Sie, bringen Sie ihn mir zurück...« Und dann brach sie in konvulsivisches Weinen aus, das mit einer Nervenkrise endete.

Der Neffe Max, ein bildschöner junger Mann, mit feingeschnittenem, einen etwas brutalen Ausdruck tragenden Kopf und einer athletischen Gestalt, schien von tiefstem Schmerz ergriffen zu sein, was ihn jedoch nicht hinderte, mir zu helfen, so gut er konnte, indem er mich bei meinem Rundgang durch das Haus begleitete und sich bemühte, irgendeine Spur aufzufinden. Er hatte nicht die geringste Ahnung über das Schicksal seines Onkels und wies meine Andeutung, ob es vielleicht doch möglich sei, daß dieser irgendeinem galanten Abenteuer nachgegangen sei, mit der größten Entrüstung zurück.

»Sie kennen ihn nicht«, sagte er zu mir, »er interessierte sich für nichts anderes auf der Welt als für seine Sammlung, und er hat niemals wen anders geliebt als seine Frau. Mir, der ich ihn achtete und liebte wie einen Vater, hat er stets die liebevollste Nachsicht erwiesen. Er hat es mir erspart, für die Torheiten meiner Jugend zu leiden, und ihm allein verdanke ich es, daß ich meine Stellung in der Welt behaupten kann!«

Und er trocknete die Augen.

Was die Diener betrifft, so waren sie ganz bestürzt und verängstigt; sie hatten alles gesagt, was sie wußten, und ich versuchte nacheinander mit Güte, Strenge und durch überraschende Fragen, etwas anderes aus ihnen herauszulocken, es war alles vergebens.

Ich stellte ernste Nachforschungen über das Privatleben Herrn Imbergers an; aber Herr Imberger hatte sozusagen gar kein Privatleben. Alle Welt kannte seine Gewohnheiten. Wenn er allein ausging, sagte er vorher, wo er hinging und wo er zu finden sei, und er war in keinem zweideutigen Hause bekannt gewesen, weder von Ansehen noch dem Namen nach – davon hatte ich mich überzeugt, denn ich schleppte seine Photographie überall mit herum. Er zählte nicht zu jenen alten Herren, deren Tugend etwas durchsichtig ist und die häufig von unseren Diensten abhängen, und niemals ist sein Name auch nur in der geringsten Beziehung zu irgendeinem banalen Skandal genannt worden; er war ein durchaus rechtschaffener Mann, der seine Frau zärtlich liebte. Er hatte keine Feinde, soviel dies bekannt war, auch keinen Kummer, und er hatte stets solide gewirtschaftet. Er hatte kein Geld bei seinem Bankier eingezogen, und in dem in seinem Arbeitszimmer stehenden Safe befand sich eine bedeutende Summe. Es ergab sich ferner, daß sich all seine Kleider in gewohnter Ordnung in der Garderobe befanden. Es fehlte nichts als der schwarze Gesellschaftsanzug, den er am Tage seines Verschwindens getragen hatte, und der Mantel, den er sich von seinem Diener hatte zurechtlegen lassen; all dies wies darauf hin, daß Imberger wohl jedenfalls das Haus in der Absicht verlassen hatte, mit seiner Frau zusammenzutreffen.

Meine Untersuchung ergab bis jetzt auch nicht das kleinste Resultat; es schien, als ob das Geheimnis, das ich zu enthüllen strebte, immer undurchdringlicher würde. Man hatte bis jetzt immer meinem Spürtalent volle Anerkennung zukommen lassen, aber ich muß gestehen, daß es mich in diesem Falle völlig im Stich ließ. Ich fand nicht den geringsten Anhaltspunkt und war wie vor den Kopf geschlagen.

Es gab vielleicht dennoch einen Schlüssel zu diesem unlösbar scheinenden Geheimnis, aber ehe ich es versuchte, den in Anwendung zu bringen, mußte ich alle anderen Hilfsquellen erschöpfen. Meinen Verdruß zu erhöhen, wuchs das Interesse der Öffentlichkeit an dem Verschwinden Herrn Imbergers täglich mehr. Es war gerade eine sogenannte Sauregurkenzeit, in der es kein besonderes Gesprächsthema gab: weder die Reise irgendeines Herrschers noch äußere oder innere politische Streitigkeiten, weder irgendeine Katastrophe noch eine große Premiere. Ganz Paris interessierte sich für das Geheimnis von Passy, und die Zeitungen fingen an, sich mit einer Ausdauer über mich lustig zu machen, die mir höchst geschmacklos erschien.

Am 1. März läßt mich der Chef rufen und stellt mir Professor Ferrier vor, der, wie er sagt, mir eine Mitteilung zu machen hat.

Sie wissen, daß Ferrier schon zu jener Zeit ein berühmter Arzt, Professor der Fakultät und Mitglied der medizinischen Akademie war. Er war ein großer, gutmütig aussehender Herr mit blassem, glattrasiertem Gesicht, langer Nase und großem Mund, dessen klare Augen, mit denen er den Menschen durch und durch zu schauen schien, hinter den Gläsern einer goldenen Brille hervorblickten.

»Man hat mir gesagt, daß Sie ein intelligenter Mensch seien«, sagte er zu mir, als wir allein waren, »und ich glaube das. Hören Sie mich also an: Ich bin erst gestern von einer Reise zurückgekehrt, es war mir unmöglich, eher hier zu sein, und ich bin nur zurückgekommen, um eine Unterredung mit Ihnen zu haben. Imberger ist einer meiner besten Freunde gewesen. Wir waren zusammen auf der Schule. Er war reich. Ich aber war sehr arm. Er hat es mir möglich gemacht, zu studieren. Als wir beide auf der Universität waren, hat er die ihm von seinen Eltern gewährte monatliche Apanage mit mir geteilt, damit ich leben und arbeiten konnte. Ihm – viel mehr als mir selbst – verdanke ich es, wenn ich das geworden, was ich heute bin. Ihm allein verdanke ich, daß es mir vergönnt war, so manches Menschenleben zu retten, Kranke zu pflegen und zu heilen. Imberger gehörte zu den wenigen Menschen, deren unendliche Herzensgüte uns schadlos halten muß für die Grausamkeit, die Feigheit und das Laster so vieler Elenden, die an uns vorübergleiten. Ich sage Ihnen das, damit Sie verstehen, was der Sinn des Wortes *Freund* bedeutet, wenn ich es auf ihn anwende ... Außerdem möchte ich es aller Welt sagen, es in den Straßen ausrufen, daß ...«

Seine Stimme stockte, seine Augen nahmen einen drohenden Ausdruck an, und ein heller Tropfen lief über seine große Nase.

»Was denken Sie über sein unerklärliches Verschwinden?« endete er trocken.

Ich fühlte mich ein wenig geniert, aber einem solchen Manne gegenüber war es unnötig zu versuchen, lügen zu wollen. »Ich glaube, daß er ermordet worden ist«, sagte ich daher einfach.

Es zuckte seltsam um Ferriers Mundwinkel, er sammelte sich aber sehr rasch und antwortete mir mit vollkommen ruhiger Stimme: »Auch ich bin überzeugt davon. Eine etwaige Flucht oder ein Selbstmord kommen für mich, der ich ihn so genau gekannt habe, gar nicht in Erwägung. Er ist jedoch verschwunden, und es ist klar, daß es ein anderer war, der ihn verschwinden ließ. Sind Sie nun auch der Ansicht Ihres Chefs, daß hier ein Zufallsverbrechen vorliegt, daß Imberger etwa an irgendeiner Straßenecke von Apachen ermordet worden sei?«

»Nein«, sagte ich offenherzig. »Dann hätte man den Leichnam gefunden. Wenn er das Opfer der Apachen geworden wäre, die ihn angefallen hätten, um ihn zu berauben, so würde es diesen doch nicht geglückt sein, die Leiche vollständig verschwinden zu lassen, selbst wenn sie dies gewollt hätten.«

»Dann aber, dann ... was denken Sie davon?« Sein durchdringender Blick ruhte fest auf mir. »Was ist Ihre persönliche Ansicht?«

»Ich denke ... ich denke ... Sie wissen, Herr Professor«, antwortete ich ausweichend, »daß unser Beruf uns dazu zwingt, oft an sehr unwahrscheinliche Dinge zu denken...«

Es entstand eine Pause.

»Nein«, sagte dann plötzlich der Professor, das beantwortend, was ich nicht ausgesprochen hatte, »nein, *sie* ist nicht darein verwikkelt, sie nicht, ich kenne sie.«

»Nein«, fügte er ungeduldig hinzu, »schütteln Sie nicht den Kopf, wir werden nie weiterkommen, wenn Sie nicht glauben, was ich Ihnen sage.«

Ich erlaubte mir, ihn zu unterbrechen.

»Wir haben«, sagte ich, »einen alten Ehemann, wenigstens relativ alt, im Vergleich mit seiner so sehr viel jüngeren Frau. Er ist reich, sie ist arm. Zwischen diesen beiden nun steht ein junger Mann, kräftig und schön, interessant und gewissenlos, der prädestinierte Geliebte! Der Gatte verschwindet plötzlich auf unerklärliche Weise – ich denke, die Lösung dieses Rätsels ergibt sich von selbst. Wenn ich diese Spur bisher noch nicht verfolgt habe, so geschah dies, weil mir von meinem höchsten Vorgesetzten der Befehl erteilt wurde, ehe ich dazu überginge, jedes andere Mittel zu versuchen.«

»Nein«, wiederholte Ferrier, »Ihre Lösung ist falsch – das heißt, sie ist zur Hälfte falsch, denn *er* allein ist der Schuldige... Ich meine diesen Elenden, den Imberger in seiner Güte und Großmut vor dem Untergang, ja vor dem Zuchthause gerettet hat. Er ist der Geliebte Andreas, er ist ein brutaler, sinnlicher Mensch, eifersüchtig und geldgierig, er wollte beides für sich ganz allein haben, das Geld und die Frau, das Geld zuerst...«

»Aber«, wandte ich ein, »haben wir auch nur den kleinsten Beweis?«

»Keinen. Es ist Ihre Aufgabe, die Beweise herbeizuschaffen. Wenn Sie dazu meiner persönlichen Hilfe, irgendeiner Auskunft, gleichviel welcher Summe Geldes bedürfen, so lassen Sie es mich wissen, es wird ganz unter uns bleiben. Wir müssen die Leiche auffinden und uns des Mörders versichern; er ist ganz außerordentlich schlau und scharfsichtig, und wir müssen uns davor hüten, seinen Argwohn zu erregen.«

Er verließ mich. Seine Ansicht deckte sich mit der meinen und bestärkte sie. Aber ich bedurfte wenigstens des Anfanges eines Beweises, und ein Fehlgriff würde mich teuer zu stehen kommen.

Max bewohnte jetzt eine Junggesellenwohnung im Viertel von Europa und ging nur selten nach Passy. Die junge Frau lebte ganz ihrer Trauer. Ich wartete auf den Augenblick, in dem ich handelnd eingreifen konnte... Die Zeitungen überhäuften mich mit Spöttereien über meinen mangelnden Spürsinn. Einige Reporter schienen infolge persönlicher Beobachtungen ebenfalls auf die Vermutung dessen gekommen zu sein, was ich für die Wahrheit hielt; sie wiesen mit versteckten Andeutungen auf die Wahrscheinlichkeit eines leidenschaftlichen Familiendramas hin, und man ging sogar so weit, Verdächtigungen auszusprechen, die sich nur auf »den schönen Max« beziehen konnten.

Da geschah es, daß sich plötzlich ein ganz außergewöhnliches Ereignis zutrug: Man war Herrn Imberger auf der Straße begegnet.

Es war das Kammermädchen Frau Imbergers, das ihren in so rätselhafter Weise verschwundenen Herrn zum ersten Male wiedersah. Das Mädchen kehrte eines Abends in höchster Aufregung in das kleine Haus von Passy zurück und versicherte, daß sie soeben in einer benachbarten Straße ihrem alten Herrn in Person begegnet sei.

»Es war unser Herr«, sagte sie mir, als ich sie nach dieser phantastischen Begegnung ins Verhör nahm, »es war wirklich und wahrhaftig unser Herr! Ich habe doch Augen, um zu sehen, und wenn ich mit dem Kopf unter dem Messer läge, würde ich noch sagen, daß es unser Herr gewesen, und wenn er es nicht war, so ist es sein Geist gewesen! Denn das ist wahr, daß er nicht aussah wie ein lebender Mensch, er trug einen langen, schwarzen Mantel, und sein Gesicht sah sehr seltsam aus. Er kam schnell daher; mir lähmte der Schrekken über sein plötzliches Erscheinen förmlich die Beine, und er hat das benutzt, um die Straße hinabzueilen und sich davonzumachen. Aber es war der Herr! Ich kann es vor dem Richter beschwören. Man hat ihn ermordet, und nun kann sein Geist keine Ruhe finden und irrt umher...«

Sie ließ sich nicht abbringen von dieser Erzählung, aber ich muß sagen, daß ihr anfangs kein Mensch geglaubt hat. Die Ansicht des Professors Ferrier, daß dies eine Halluzination gewesen sei, war auch die meine, und alle Welt teilte sie.

Aber bald darauf erschien Herr Imberger von neuem. Er wurde gegen sechs Uhr von einem Antiquitätenhändler in der Straße Châteaudun gesehen. Die Erscheinung zeigte sich an der Tür des Ladens, die sie öffnete, als ob sie eintreten wolle. Dann aber drehte sie sich rasch um, wie ein Mensch, der sich eines Besseren besinnt, und verschwand in der Menge. Der Kaufmann, dessen Kunde Imberger schon seit mehreren Jahren war, erkannte ihn ganz entschieden. Allerdings fiel es dem Manne auf, daß er ein etwas seltsames und verstörtes Aussehen gehabt, auch war er sehr bleich und machte einen leidenden Eindruck, aber er versicherte auf das bestimmteste, daß jeder Zweifel an seiner Identität ausgeschlossen sei.

Von da an erschien Herr Imberger noch zu wiederholten Malen. Im Zeitraum von vier bis fünf Tagen wurde er von mehreren Personen gesehen, deren Glaubhaftigkeit nicht in Zweifel gezogen werden konnte und die alle dieselbe Aussage machten: Herr Imberger habe einen langen, schwarzen Mantel getragen, sei sehr eilig und rasch einhergeschritten, und sein Gesicht habe seltsam bleich und starr ausgesehen. Man begegnete ihm nur in der Dämmerstunde; und kaum hatte man ihn gesehen, so entfernte er sich schon mit eiligen Schritten. Sein Rechtsanwalt, Herr Druide, versuchte es, ihn auf dem Boulevard Montmartre zu verfolgen, wo er unversehens aufgetaucht war, aber Herr Imberger war so schnell entflohen, daß es unmöglich war, ihn einzuholen.

Auch Professor Ferrier sah mit seinen eigenen Augen den Freund wieder, den er ermordet glaubte. »Ich habe ihn gesehen«, so erzählte er mir, »ich habe ihn wirklich gesehen, darüber ist kein Zweifel möglich. Ich kam aus der medizinischen Akademie, wo ich einen Vortrag gehalten hatte. An der anderen Seite des Trottoirs stand ein Auto, aus dessen herabgelassenem Fenster Herr Imberger zu mir herübersah, ganz wie früher, wo er mich manchmal vor der Akademie erwartete. Ich erkannte ihn ganz genau, weil das Licht der Wagenlaterne hell auf sein Gesicht fiel. Ich eilte ihm entgegen, aber in demselben Augenblick sauste das Auto davon, während Imberger nach mir zurückschaute und mir ein Zeichen machte, dessen Sinn ich jedoch nicht verstand.«

Von Halluzinationen konnte hinfort nicht mehr die Rede sein, denn die moderne Medizin wie die Jurisprudenz geben das Umherwandeln von Phantomen, Gespenstern und Geistern der Verstorbenen nicht zu. Obwohl einige Zeitungen halb scherzhafte Artikel über das Erscheinen des Ermordeten brachten und obwohl spiritistische Revuen energisch dafür eintraten, daß derartige Dinge sehr wohl möglich seien und daß die Geschichte zahlreiche Beispiele dafür liefere, so befestigte sich doch im allgemeinen der Glaube, daß Herr Imberger noch unter den Lebenden sei.

Aber das seltsame, diese ganze Affäre verhüllende Geheimnis hatte damit nur ein anderes Aussehen bekommen. Zu welchem Zweck verbarg Herr Imberger sich? Sollte er wirklich infolge eines galanten Abenteuers aus seinem Heim geflohen sein? Aber alle, die ihn gekannt hatten, wiesen eine derartige Vermutung zurück, und diejenigen, die ihm nach seinem Verschwinden begegnet waren, behaupteten einmütig, daß sein Aussehen durchaus nicht das eines glücklichen Menschen, sondern vielmehr ein höchst eigentümliches, beinahe unheimliches gewesen sei. Dennoch tauchte dann bald hier, bald dort das Gerücht auf, daß Imberger tatsächlich ein alter Sünder gewesen, dem es unmöglich geworden, seine Laster länger zu verbergen, und der deshalb aus der Öffentlichkeit geflohen sei. Die Vertreter dieser Vermutungen stellten die junge Frau Imberger als ein Opfer dar, behaupteten, daß ihr Mann sie in schamlosester Weise verlassen habe und daß schändliche Verleumder sogar ihre Tugend zu verdächtigen gesucht hätten. Aber als ich die junge Frau darüber befragte, wies sie mit größter Entrüstung und Verachtung alles zurück, was auf den Charakter ihres Mannes irgendwie ein falsches Licht hätte werfen können.

»Er war der beste aller Menschen«, wiederholte sie immer wieder, »und keiner schlechten Handlung fähig. Wenn er wirklich noch unter den Lebenden weilt, so muß ein ganz dringender Grund, der mir jedoch völlig unbekannt ist, ihn zwingen, sich vor mir zu verbergen – es sei denn, daß sein Geist sich plötzlich umnachtet hat. Aber wo ist er?«

Sie rang verzweifelt die Hände und weinte bitterlich. Sie schien mir schöner als je zuvor. Der größere Teil des Publikums neigte übrigens jetzt auch dem Glauben zu, daß Imberger in einem plötzlichen Anfall von Wahnsinn die Flucht ergriffen habe. Man sprach von der Krise eines wachen Somnambulismus, einem vorübergehenden Zustand, währenddessen der davon befallene Mensch aufhört, er selbst zu sein, indem er seine eigene Persönlichkeit verleugnet und sich einer anderen anbequemt, die ihn aufs Geratewohl durch ein Leben führt, dessen er sich nicht mehr erinnert, sobald er seine eigene Individualität wiedergefunden hat. Professor Ferrier hielt mir zu jener Zeit einen Vortrag über das, was er die Krankheiten des Ichs nannte – was aber seine persönliche Ansicht sei, sagte er mir nicht, und wahrscheinlich zweifelte er ebenso wie ich an den herumschwirrenden Gerüchten.

Die Erklärung, daß sein Verschwinden mit einer plötzlich aufgetretenen Geisteskrankheit Imbergers zusammenhänge, befriedigte mich keineswegs. Ebensowenig glaubte ich an eine Flucht. Ich fragte mich jedoch, ob nicht möglicherweise Imberger sich einfach zu dem Zweck verborgen hielt, um seine Frau und seinen Neffen zu überwachen und zu sehen, was diese tun würden, wenn sich die erste Aufregung über sein Verschwinden gelegt hätte. Aber aus welchem Grunde zeigte er sich dann, und zwar, wie es schien, besonders Leuten, die er kannte? Dann wieder gab es Augenblicke, wo mich der quälende Gedanke verfolgte, daß trotz alledem ein Mord vorliegen müsse. Die Fortsetzung meiner Untersuchung erschien unmöglich. Wie kann man einem sogenannten Verbrechen nachspüren, bei dem es kein Opfer gibt? Aber das Geheimnis Imbergers nahm meine Gedanken immer mehr in Anspruch, und ich war fest entschlossen, den Schlüssel dazu zu finden. Ich hielt, wenn ich mich so ausdrücken darf, stets ein Auge auf das Haus in Passy gerichtet, wo alles in Trauer war, während ich mit dem anderen die Junggesellenwohnung im Viertel von Europa beobachtete, in dem der schöne Max ein üppiges und ausschweifendes Leben führte. Ich bin niemals dahintergekommen, ob er während dieser ganzen Zeit heimliche Zusammenkünfte mit Frau Imberger hatte oder nicht, denn er verstand die Kunst, meine Leute, die ihn beobachten sollten, irrezuführen, in wahrhaft meisterhafter Weise. Es war allmählich bei mir zur fixen Idee geworden, Licht in diese Angelegenheit zu bringen. Ich mußte Imberger finden, tot oder lebendig.

Nun, es war Mittfasten, als ich ihn wiederfand, beides, tot und lebendig! Ich befand mich an jenem Abend in dem großen Saal eines Nachtcafés auf dem Montmartre. Ich gebe Ihnen gern zu, daß ich mich dort nicht der Arbeit halber befand; ich versuchte vielmehr, mich auf ein paar Stunden zu zerstreuen, um auf andere Gedanken zu kommen. Gewohnheitsmäßig unterließ ich es jedoch nicht, gut um mich zu schauen, denn in den Nachtcafés findet man oft Aufschluß über die verborgensten Dinge.

Ich beobachtete schon seit etwa einer halben Stunde die kleinen Kokotten, die in der Mitte des Saales tanzten, als der schöne Max mit einer ganzen Gesellschaft eintrat. Er war Stammgast dieses Hauses, und da ich darauf gerechnet hatte, ihn hier zu sehen, hatte ich mich möglichst vermummt, damit er mich nicht erkennen sollte. Sie nahmen an einem Tisch in der Nähe des meinen Platz. Es waren vier Herren, alle im Smoking. Max, ferner ein großer Börsenspekulant, den ich ein wenig kannte, weil ich von ihm Auskunft über die letzten Geschäfte erbeten hatte, die er für Herrn Imberger vor dessen Verschwinden gemacht hatte, und zwei junge, unbedeutende Lebemänner. Es waren drei kleine Mädchen in ihrer Gesellschaft, Tänzerinnen, die mehr oder weniger echte Perserkostüme trugen. Eine von ihnen, die man Cora nannte, drückte sich zärtlich an den unwiderstehlichen »schönen Max«.

Sie nahmen ein Abendessen ein, zu dem reichlich viel Champagner getrunken wurde. Das Lachen der Herren wurde immer lauter und ausgelassener, und dazwischen vernahm man das Gekicher und Gekose ihrer kleinen Damen, die sämtlich in angeheiterter, weinseliger Stimmung waren.

Plötzlich standen zwei von ihnen auf, um zu tanzen.

»So wartet doch, ich komme mit euch«, rief die kleine Cora, die, halb in Max' Schoß liegend, eine Zigarette rauchte. »Und dann will ich euch etwas ganz Besonderes zeigen. Ihr werdet die Augen aufreißen vor Erstaunen.«

»Was hast du denn? Erzähle es uns, Bébé«, sagte der Börsenspekulant mit schwerer Zunge und versuchte die Kleine festzuhalten, aber sie entschlüpfte ihm.

»Das ist eine Überraschung! Du wirst es schon sehen, du große Robbe«, rief sie, ihren bunten Pompadour durchwühlend, und lief dann schnell in das Damenzimmer, das sie hinter sich abschloß, als ob sie große Toilette machen wollte.

Fünf Minuten später kam sie wieder heraus, begleitet von einer ihrer kleinen Freundinnen, die wie toll lachte. Sie umfaßte ihre Taille, und die beiden Mädchen stürzten sich mitten in das Getümmel der Tanzenden – sie erregten dort sofort die allgemeine Aufmerksamkeit; die tanzenden Gruppen lösten sich auf, drängten sich heran, um die wie toll herumwirbelnden Mädchen zu sehen, man applaudierte, lachte, ohne daß ich bis jetzt entdecken konnte, weshalb dies geschah. Jetzt näherten sie sich ihrem Tisch, an dem die beiden jungen Lebemänner mit ziemlich verdrossener Miene saßen, während der Börsenspekulant ganz munter dreinschaute und Max lässig auf seinem Sessel hingestreckt, eine Zigarre zwischen den Zähnen, die kleinen Freundinnen erwartete. Cora machte eine letzte Volte und stand dann vor den Herren still, um sich zu zeigen. Max warf einen Blick auf sie, dann riß er die Augen weit auf, sein Gesicht wurde leichenblaß und nahm einen von Angst und Grauen verzerrten Ausdruck an; er sprang mit geballten Fäusten auf, warf den vor ihm stehenden Tisch um, und mit einer alle Geräusche des Saales übertönenden Stimme schrie er das Mädchen an: »Nimm das fort, um Gottes willen, wirst du es sofort fortnehmen?«

Alles verstummte; man sah sich betroffen an. Der Börsenspekulant, der neben Max gesessen hatte, war erschrocken aufgesprungen. Er blickte auf die kleine Cora, die wie versteinert dastand, dann aber erbleichte auch er und rief ganz bestürzt: »Aber das ist ja das Gesicht Herrn Imbergers!«

Diese ganze Szene spielte sich in der Zeit von zehn Sekunden ab. Schon hatte ich mich herangedrängt, und ich sah, daß die kleine Tänzerin ihr Montmartrefrätzchen hinter einer bemalten Wachsmaske versteckt hatte, die in sehr komischer Weise mit ihren blonden Locken kontrastierte, da es die Maske eines älteren Mannes war, in der ich sofort eine verblüffende Ähnlichkeit mit Herrn Imberger entdeckte; kannte ich seine Züge doch zu genau, da ich mich in den Besitz unzähliger Photographien von ihm gesetzt hatte. Ich trat sofort zu Max heran, legte meine Hand fest auf seine Schulter und sagte: »Wo hast du die Leiche gelassen?«

Ich hatte einen Kampf mit ihm erwartet, und ich war keineswegs sicher, welchen Ausgang der genommen hätte, da Max ungewöhnlich groß und kräftig war. Aber er war im Grunde doch ein Feigling, und er brach förmlich zusammen unter meinem Griff. Zum Glück erschienen im selben Augenblick zwei Schutzleute.

Man führte ihn schnell weg, während die Anwesenden ganz verwirrt dreinschauten, da keiner recht begriffen hatte, worum es sich handelte, bis sie am anderen Tag die Geschichte in der Zeitung lasen.

Die kleine Cora, der ich die Maske abgenommen hatte, schritt schluchzend am Arm des Börsenspekulanten neben mir her.

»Ich hatte ihm die Maske nur deshalb heimlich weggenommen, um ihn zu foppen«, wiederholte sie immer wieder, »er hatte ja so viele in seinem Atelier.«

Und der Börsenspekulant, der plötzlich ganz ernüchtert war, meinte immer nur: »Was für Geschichten sind das! Wer hätte das einem so netten Jungen zugetraut!«

Ich habe die Leiche Herrn Imbergers gefunden; sie ist im Keller des kleinen Hauses in Passy verscharrt gewesen. Herr Imberger hatte entdeckt, daß Max seine Frau mit Liebesanträgen verfolgte, und obgleich er nicht glaubte, daß sie ihn erhört habe und daß er ihr Geliebter gewesen sei, so hatte er doch eine heftige Auseinandersetzung mit seinem Neffen gehabt und diesem befohlen, das Haus zu verlassen. Max (er selbst ist es, der mir diese Details mitgeteilt hat, denn er gehört zur geschwätzigen Art von Verbrechern) hatte die Abwesenheit der jungen Frau (es war an dem Abend des Kostümballes) benutzt, um sein Verbrechen zu begehen. Er hatte sich in dem Arbeitszimmer seines Onkels versteckt und ihn mit den Händen erdrosselt. Darauf hatte er den Körper in den tiefsten hintersten Keller geschleppt. Ich würde ihn vielleicht eher dort gefunden haben, wenn nicht die Justiz durch das angebliche Erscheinen Herrn Imbergers irregeführt worden wäre und man mich offiziell genötigt hätte, meine Nachforschungen zu unterbrechen.

Diese Erscheinungen waren in der Tat eine ingeniöse Erfindung des schönen Max. Es wurde dadurch jeder aufsteigende Verdacht von ihm abgelenkt und meinen Untersuchungen und Nachforschungen ein Ende gemacht. Er hatte in aller Ruhe einen Abdruck von dem Gesicht des Leichnams gemacht und danach eine gemalte Wachsmaske hergestellt, die eine überraschende Ähnlichkeit mit Herrn Imberger hatte.

Sobald er bemerkte, daß ich auf seinen Fersen war, machte er Gebrauch davon. Er zog den langen Mantel des Toten an, und in dem Augenblick, wo das Licht der Laternen sich mit dem des sinkenden Tages vermischte, erschien er plötzlich und schnell mit der Maske über dem Gesicht, deren erschreckende Ähnlichkeit mit Herrn Imberger zu dem Glauben verleitete, diesen selbst zu sehen.

Er hatte diese Maske, ohne sie viel zu verbergen, in seiner Wohnung über dem Kamin befestigt, unter vielen chinesischen und anderntéils grauenvollen Masken, und die kleine Cora, die er einmal nachts mit nach Hause genommen hatte, wählte sie unter allen anderen, um einen Karnevalsscherz damit zu machen.

So geschah es, daß Max, der durch den Zufall verraten wurde, der bald den Verbrecher, bald die Polizei begünstigt, gezwungen ward, vor dem Schwurgericht zu erscheinen, wo man jedoch gnädig mit ihm verfuhr, da er nur zehn Jahre erhielt, weil man es als mildernden Umstand gelten ließ, daß er behauptete, in der Leidenschaft gehandelt zu haben. Frau Imberger ist nicht gerichtlich verfolgt worden, sie konnte nicht einmal als Zeugin vernommen werden, da sie schwer an einer Gehirnentzündung erkrankte und lange zwischen Tod und Leben schwebte. In ihren Delirien wiederholte sie immer nur die Worte: »Wenn ich gewußt hätte... oh, wenn ich gewußt hätte...«, ohne daß es Ferrier, der sie behandelte, gelungen wäre, festzustellen, ob sie Gewissensbisse darüber empfand, daß sie, ohne es zu wollen, doch dadurch, daß sie die Geliebte des schönen Max geworden, mit Schuld an der Ermordung ihres Mannes trug, oder ob ihr Kummer nicht dem Umstand galt, daß sie nichts von der ganzen Affäre gewußt hatte und dadurch außerstand gesetzt war, ihrem Freund zur Rettung zu verhelfen.

Karneval

Ja, mein Herr, es ist wirklich wahr. Die Geschichte hat mich zwanzig Franken, einen beinahe neuen Gehrock, eine Hose, ein Paar Stiefel und ein Kistchen Zigarren gekostet, gar nicht zu sprechen von der Aufregung und der Ermüdung – und all das, ohne mir etwas anderes einzubringen als eine Einladung, die etwas zweideutiger Natur ist und die ich nicht annehmen werde – das heißt, wenn ich es vermeiden kann!

Es war also im letzten Karneval, am Abend des Hauptfestes. Ich hatte den Heimweg gegen zweieinhalb Uhr angetreten. Wie das so üblich ist unter jungen Leuten, hatte ich den Abend damit verbracht, mit meinen Freunden von einem Café in das andere zu bummeln. Mir war ein wenig kalt geworden, obgleich kein Frostwetter war, es herrschte vielmehr eine milde, aber regnerische Temperatur. Da ich etwas aufgeregt war, entschloß ich mich, zu Fuß nach Hause zu gehen. Sie wissen ja, wo ich wohne, ziemlich weit heraus, in der Gegend des Trocadero. Das ist ja allerdings ein ordentlicher Weg, aber ich dachte, ein tüchtiger Marsch würde mir gut tun. Meine Stimmung war keineswegs rosig, ich empfand das Bedürfnis, über mich selbst nachzudenken, und machte mir plötzlich klar, wie töricht es doch von mir sei, die kostbare Zeit des ohnehin so kurzen Lebens damit zu vergeuden, bei jeder Gelegenheit und auch ohne jede Gelegenheit dem Vergnügen nachzujagen, anstatt ernstlich zu arbeiten und zu versuchen, Karriere und mir einen Namen zu machen.

Ich gelobte mir selbst, in Zukunft endlich etwas vernünftiger zu werden, und faßte die besten Vorsätze, als ich plötzlich von einer seltsam harten, rauhen Stimme angeredet wurde: »Um Gottes willen…«

Ich blieb erschrocken stehen.

»Wer ist da, was gibt es?« fragte ich, ohne jemand erkennen zu können.

»Um Gottes willen«, wiederholte die Stimme, deren harter Klang an das Knirschen einer sich in schlecht geölten Angeln bewegenden Tür erinnerte. Dann sah ich, wie unter einer Bank hervor ein geradezu entsetzlich zerlumptes und seltsames Wesen hervorkroch. Der Mensch war ganz mit Schmutz und Unrat bedeckt, und sein Anblick war zugleich Mitleid und Ekel erregend. Beim Schein der Straßenlaterne sah ich, daß er eine ordinäre Maske von rosa Karton mit einer furchtbar großen karikierten Nase und einem langen, schwarzen Bart trug. Unter einer heruntergezogenen Kapuze sahen seine Augen in dem beschmutzten rosa Karton der Maske aus wie zwei schwarze Löcher. Seine Gestalt war außerordentlich schmal und dürftig, er ging zusammengebückt und hatte die Hände in die Taschen seines Narrenkleides gesteckt, das mit kleinen Schellen besetzt war, die bei jedem Windstoß leise ertönten.

»Nun«, sagte ich, »was gibt es denn?«

»Gehen wir zu Ihnen«, sagte er, mich vorwärtsstoßend.

»Wieso zu mir? –«

»Vorwärts, mein Lieber«, sagte er, mich noch heftiger voranstoßend. »Ich bin ganz verfroren.«

Ich bekam Angst. Ich rief um Hilfe. Da packte er mich wie mit eisernen Zangen an der Gurgel, und mich beinahe erdrosselnd, zwang er mich, zu schweigen, während er mich mit den Knien, die hart wie ein Stück Holz waren, unsanft vor sich herstieß.

»Dahin führt der Weg, was? Dahin, nicht wahr?« wiederholte er, mich immer vor sich her treibend, und ich fühlte, wie seine harten behandschuhten Hände sich tief in meinen Hals krallten.

Rings umher war kein Mensch zu erblicken; die Nacht war warm, der Himmel dicht von Wolken umhangen, und es war daher sehr dunkel. Ich fürchtete, von diesen entsetzlichen hageren, behandschuhten Händen ohne weiteres erwürgt zu werden. Ich gab daher jeden Widerstand auf. Sobald er dies merkte, ließ er mich los und begnügte sich, mit eisernem Griff mein Ohr zu erfassen und mich so vor sich herzutreiben.

»Besser ausschreiten«, sagte er, »ich friere.«

So trotteten wir in ziemlich raschem Tempo durch die ganz vereinsamte Allee; er hielt mich mit einer Hand am Ohr fest und umklammerte mit der anderen den unteren Teil seiner Maske, als ob er Furcht hatte, sie zu verlieren. Während wir so rasch dahingingen, vernahm ich fortwährend ein eigentümlich leises Geräusch, das mich an das Klappern von Kastagnetten erinnerte; ich hatte dabei das Gefühl, als habe ich mich zum Karneval in ein spanisches Kostüm gesteckt und klappere mit meinen eigenen Gelenken. Ich war mir voll bewußt, daß das Unsinn sei, aber ich fühlte mich krank und unbehaglich, und meine Zähne schlugen aufeinander.

Endlich kamen wir an meiner Wohnung an, der andere begleitete mich immer noch, ohne mich nur einen Augenblick loszulassen.

In meinem Zimmer angekommen, kommandierte er sofort: »Machen Sie schnell Feuer an!«

Ich entzündete den Gasofen.

Er entledigte sich indessen mit größter Gemütsruhe der armseligen Lumpen, mit denen er bekleidet war, und legte auch seine Kapuze und die Maske mit der langen Nase ab. Ich aber erkannte mit Grauen, daß unter diesem Plunder nichts weiter als ein Skelett verborgen war. Ja, mein Herr, bei meiner Ehre, ein wirkliches, wahrhaftiges Skelett, ohne jeden Fleischansatz, ein nur aus blanken Knochen bestehendes Skelett. Es reckte sich, es klapperte mit seinen Gelenken und Fingerknochen, ging ganz gemächlich an mein Fenster, von dem es ohne weiteres den schönen Vorhang herunterriß, um sich damit zu umhüllen. Dann kam mein seltsamer Gast an den Ofen zurück, nahm davor Platz, setzte beide Füße auf den Kamin und stieß einen Seufzer tiefster Befriedigung aus.

»Ach, wie das gut tut«, sagte er, »die schöne Wärme. Geben Sie mir eine Zigarre, lieber Herr... Ich bin so furchtbar kalt geworden. Ohne *Sie* wäre ich verloren gewesen... Es ist einfach widerlich...«

Ich empfand bereits eine gewisse Teilnahme für ihn, wollte das aber natürlich nicht merken lassen.

»Was ist denn so widerlich?« fragte ich ihn.

»Nun, die Konfetti«, antwortete er, »und der Regen – auch die Leute, denen man begegnet, die Bank, unter der ich mich verborgen hatte, und alles andere. Alles ekelte mich an.«

»Aber«, sagte ich, »weshalb sind Sie denn unter diese Bank gekrochen, und weshalb haben Sie sich mit Konfetti bewerfen lassen, während Sie doch...«

»Während ich doch ruhig in meinem Grabgewölbe weilen und mich mit Lesen oder Schlafen beschäftigen könnte? Nicht wahr? Aber was wollen Sie, man weiß sich nie mit dem, was man hat, zu begnügen... Jedenfalls werden die Erfahrungen dieser Nacht mir eine Lehre sein.«

»Dann«, sagte ich, »haben Sie Ihr Grab verlassen?«

»Nun ja, meiner Treu, ich will aufrichtig sein und Ihnen die ganze Geschichte erzählen. Also, ich wohne da unten auf dem Père-Lachaise, und Sie können mir glauben, daß unsere Gesellschaft eine gewählte und liebenswürdige ist. Man kommt dort jede Nacht zusammen. Da wird getanzt, geraucht, mit Knöchelchen gespielt oder auch rezitiert. Sie wissen, daß dort auch Damen sind. Außerdem gibt es in unserem Kreis gesellschaftliche Talente, Männer, die die Kunst der Unterhaltung bis zur Vollendung verstehen. Es sind einige dabei, die einen solchen Humor haben, daß man nicht aus dem Lachen kommt... Ich nenne sie Ihnen nicht, sie würden es nicht gern haben.

Aber wenn Sie es nur einmal hören könnten, wenn die erzählen, wie es zu ihrer Zeit zuging und wie ganz anders das war, als wie es jetzt in den Büchern geschildert wird! Das ist wirklich lehrreich... Wir plauderten also an einem der letzten Abende über den Karneval, und jeder erzählte, wie der zu seiner Zeit gefeiert wurde, und gab Erinnerungen zum besten; die Alten sagten, es sei jetzt nicht mehr so amüsant wie früher, aber die Neuangekommenen meinten, es ginge noch ebenso lustig zu. Da wurden fünf oder sechs von uns von der Neugierde erfaßt, und wir beschlossen, an dem Festtage den Abend draußen zuzubringen, um uns mal wieder alles aus der Nähe anzusehen. Für gewöhnlich gehen wir niemals aus. Wir begnügen uns damit, auf die Mauer oder auf die Monumente zu steigen und uns Paris aus der Ferne anzusehen, wenn wir nachts miteinander plaudern.

Aber für dieses Mal beschlossen wir, eine Ausnahme zu machen, um uns davon zu überzeugen, wie jetzt alles zuginge. Ich gestehe, daß besonders ich die größte Lust dazu hatte und fest entschlossen war, das Abenteuer zu wagen – ein Einfall, der wohl zu entschuldigen ist, wenn man, wie wir, jahraus, jahrein zu Hause hockt.

Wir waren unser fünf, die sich zu der Partie entschlossen hatten, der alte Moreau, Louis de Lavive – seine Familie wird Ihnen bekannt sein? Sie hat ein so schönes Monument in der rechts gelegenen ersten Allee –, Thompson, ein Amerikaner, der kein Wort Französisch spricht, Frau Sophie und ich.

Aber es entstanden da sofort einige Schwierigkeiten. Wir mußten Masken, Kleider und Geld haben. Ich bedurfte vor allen Dingen des Kleides, denn mein Leichentuch war vollständig zerlumpt, und für einen Mann von vierunddreißig Jahren...«

»Was?« sagte ich, »Sie sind mit vierunddreißig Jahren gestorben, das war sehr jung.«

»Wer sagt Ihnen das«, unterbrach er mich ungeduldig. »Ich zählte gut und gern siebenundsechzig Jahre, als ich starb, aber wir berechnen unser Alter von dem Tag an, wo wir Bewohner des alten Friedhofes geworden sind. Darnach also zähle ich vierunddreißig Jahre, und für einen Mann meines Alters ist ein wenig Toilette sehr notwendig... Sie brauchen übrigens gar nicht so verächtlich auf meine Lumpen herabzusehen, denn es ist alles, was ich in der Bude jenes verfluchten kleinen Kaufmanns finden konnte, den wir... nun, den wir... gestern abend... besucht haben... Was wollen Sie? Es blieb uns kein anderes Mittel übrig, und der Mensch bedarf einmal der Zerstreuung.

Wir haben uns also gegen neun Uhr des Abends, nachdem wir uns so gut wie möglich herausgeputzt hatten, auf den Weg gemacht. Im letzten Augenblick sagte der alte Moreau, daß er nicht mit von der

Partie sein könne, weil er Zahnschmerzen habe, aber das war nur ein Vorwand, der wahre Grund seiner Absage ist, daß seine Frau so eifersüchtig ist und ihm jedenfalls verboten hat, mit uns zu gehen. Wir stiegen also über die Mauer und fingen an, den nach Paris führenden Weg herabzusteigen. Wir waren jedoch kaum hundertfünfzig Meter weit gekommen, als Frau Sophie erklärte, daß sie sich sehr unwohl fühle und auf den Père-Lachaise zurückkehren wolle; Louis de Lavive erbot sich dann sofort, sie zu begleiten, und so sind die beiden zusammen nach Hause gegangen. Ich begriff sofort, daß sie das vorher miteinander verabredet hatten. Sie wollten so gern einmal ein wenig allein miteinander sein, und da haben sie nur so getan, als ob sie mit uns gehen wollten. Er hat eine kleine Schwäche für sie – und sie wollte gerne, daß er ihr ein Stückchen Blei von seinem Sarge schenkte, um ihre Kinnlade damit ausbessern zu lassen, die ziemlich wacklig ist. Da oben auf unserem alten Kirchhof hat man kaum Gelegenheit, sich miteinander ohne Zeugen intim unterhalten zu können, da ist alles öffentlich, einer beobachtet den andern. Es wird dort mehr geklatscht als in einer kleinen Provinzstadt, und die Familie Lavive paßt gut auf ihren Sprößling auf.

Na, schließlich waren Thompson und ich die einzigen, die übrigblieben, und wir nahmen eine Droschke und fuhren zu den Boulevards hinab. Aber, lieber Gott, wie verändert fanden wir alles, und welche Sitten herrschen dort heutzutage! Es ist einfach unerhört, wie alles anders geworden, seit ich aus dem Leben geschieden, ich konnte mich nicht mehr dareinfinden. Und die Konfetti! Man riß ohne weiteres die Fenster unserer Droschke herunter und überschüttete uns von allen Seiten mit Konfetti. Ich bekam die Augenhöhlen so voll von dem Zeug, daß ich ganz blind davon wurde, und Thompson ist eine Viertelstunde lang nicht aus dem Niesen gekommen, weil ihm etwas davon in die Kehle gedrungen ist. Als dann ein schmutziger Straßenbengel auf das Trittbrett unseres Wagens sprang, um ihn an seiner falschen Nase zu ziehen, und er dem Burschen eine Ohrfeige versetzte, da hat er gleich den ersten Knöchel seines linken Daumens verloren. Ich sage Ihnen, mein Herr, es gab da Leute, die den Dreck auf der Straße, die klebrigen umherliegenden Papiere, ja sogar den Pferdemist zusammenrafften und dann ihren Nachbarn unversehens in das Gesicht warfen!... Das schlimmste war, daß man mitten im Gedränge arme kleine Kinder, die man als Negerkönige oder Soldaten maskiert hatte, mit umherschleppte, unschuldige junge Geschöpfe, die, wenn sie weinten und nicht mehr mitwollten, Prügel bekamen.

Das Gedränge wurde so dicht, daß unser Kutscher nicht mehr

voran konnte. Er sagte uns, daß wir aussteigen müßten, und nun, da wir uns mitten in dem wogenden Leben der Boulevards befanden, wurde es Thompson und mir ordentlich bange; man drängte uns einem Kaffeehaus zu, wir eroberten ein Tischchen auf der davor befindlichen Terrasse und ließen uns zu trinken geben.

Das schmeckte Thompson, er trank immer mehr und war bald vollständig betrunken. Er kaufte Konfetti und warf es umher. Ich machte es wie er und alle anderen Leute auch. Ich schrie, ich schüttelte an den Wagen, wie man eben erst an meinem geschüttelt hatte, ich kitzelte die Frauen. Da ließ plötzlich ein als Schäferin verkleideter Schlingel seine Hand in meine Tasche gleiten, um mich zu bestehlen. Ich versetzte ihm einen tüchtigen Stoß mit dem Ellenbogen, und Sie können es mir glauben, meine Ellenbogen sind spitz und hart. Er schrie furchtbar und behauptete, ich hätte mit einem Messer nach ihm gestochen. Das war natürlich nicht wahr, aber die Menge versammelte sich um uns, der Bengel verschwand, aber man rief von allen Seiten, ich hätte eine Frau mit dem Messer angegriffen. Da ich einige Polizisten auf mich zukommen sah, machte ich mich so rasch wie möglich davon, denn von meiner Zeit her wußte ich noch, daß, wenn man auch ganz unschuldig ist und nichts getan hat, es immer das gescheiteste ist, Fersengeld zu geben, sobald die Polizei in Sicht kommt. Während ich aus der mich umgebenden Menge zu entrinnen suchte, sah ich noch aus der Ferne, daß Thompson auf eine Art sehr lächerlich aussehenden Wagen geklettert war; er hatte den ganzen linken Arm verloren, sang englische Lieder, gestikulierte und umarmte eine gewöhnlich aussehende, dicke Frau, ohne auch nur daran zu denken, mir zu Hilfe zu kommen... Er war vollständig betrunken, und ich weiß nicht, was nachher aus ihm geworden ist.

Ich begreife selbst kaum, wie es mir gelungen ist, mich aus der Affäre zu ziehen. Man hatte mir in dem Gewühl all mein Geld gestohlen – das Geld des alten kleinen Krämers. In der Nähe der Madeleine hatte ich schon eine Rippe verloren – und schließlich verirrte ich mich sogar noch in diesem verfluchten Paris, das ganz anders geworden ist, als es zu meiner Zeit war.

Des langen Umherirrens müde, bin ich endlich unter eine Bank gekrochen, um den ersten besten wirklichen Gentleman, der vorübergehen würde, anzusprechen, ihm meine Lage mitzuteilen und ihn zu ersuchen, mir als einem Ehrenmann die nötigen Kleider zu geben, um anständig nach Hause zu kommen, und mir etwas Geld zu leihen, um mir eine Droschke zu nehmen, damit ich vor Tagesanbruch wieder am Père-Lachaise sein kann.

Sehen Sie, dieser Ihr Gehrock wird mir genügen; dazu diese Hose und ein Paar Stiefel... Teufel auch, Ihr Fuß ist kürzer als der meine... Die Weite paßt allenfalls... Ist meine Kapuze trocken? Ich muß nämlich nun fort. Geben Sie mir schnell noch einen Louis für meinen Wagen... Nein, nicht zehn Franken, einen Louis... Ich werde Ihnen das Geld in den nächsten Tagen zurückschicken... Das Kistchen mit Zigarren hier nehme ich mit, sie sind wirklich sehr gut. Den Vorhang nehme ich auch mit, ich danke Ihnen herzlich. Auf baldiges Wiedersehen! Besuchen Sie mich doch in diesen Tagen einmal. Sie brauchen nur, wenn die Wächter des Friedhofs ihre Runde machen, auf einen Baum zu steigen und sich dort so lange verborgen zu halten, bis sie vorüber sind... Kommen Sie nur recht bald, Sie werden sehen, daß wir sehr munter sind... Früher oder später werden Sie sich ja ohnedies bei uns einstellen... Obgleich ich nicht weiß, ob Ihre Stellung in der Welt Ihnen erlauben wird...

Indessen, ich hoffe es! Nochmals Dank, mein Lieber, und auf baldiges Wiedersehen.«

Er ging.

Herr Blaireau, der ehrenwerte und hochberühmte Konservator eines sehr bekannten Museums, »der Mann der ägyptischen Altertümer«, wie man ihn in ganz Europa nannte, befand sich in seinem großartig eingerichteten Arbeitszimmer, das mitten in diesem unvergleichlichen Museum lag, das sein Arbeitsfeld, seine Ehre, sein Leben bedeutete. Umgeben von den Wundern längst versunkener Zeiten, mit denen die Wände geschmückt waren, schlummerte Herr Blaireau friedlich der Stunde entgegen, in der er das Büro zu verlassen pflegte, in dem er übrigens niemals etwas arbeitete, was immer es auch sein mochte.

Herr Blaireau freute sich an diesem Tag seines Lebens fast noch mehr als sonst, denn er hatte soeben einen kleinen Triumph gefeiert, und zwar in einer Angelegenheit, die ihm im ersten Augenblick ein wenig unangenehm war, es handelte sich nämlich um Altertümer, von denen behauptet wurde, daß sie gefälscht seien.

Indiskrete Zeitungsschreiber, die unter dem Vorwand, die Wahrheit festzustellen und das Publikum belehren zu wollen, ja immer aller Welt Dinge zu erzählen pflegen, die in der Tat keinen etwas angehen, hatten diese Geschichte angezettelt. Sie hatte einiges Aufsehen erregt, und Herr Blaireau hatte darunter sehr gelitten. Er verfluchte die hellsehenden Augen dieser Journalisten, die sich stets in alles mischen, was sie nichts angeht, und empfand eine wahre Wut auf die Zeitungen überhaupt, sowohl auf die, die sie schreiben, als auch auf die Leser derselben.

Angeregt durch die ihn bedrohende Gefahr, hatte er eine Widerlegung der gegen ihn erhobenen Anschuldigungen veröffentlicht.

Er bewies darin:

Daß die betreffenden Altertümer wirklich echt seien.

Daß selbst, wenn sie dies nicht sein sollten – was übrigens ganz ausgeschlossen sei, sie jedenfalls in einer so vollkommenen Weise nachgeahmt seien, daß niemand es besser machen könne.

Daß endlich kein Museum in der ganzen Welt echte oder nachgeahmte Altertümer von dem Wert besäße, wie man solche in dem Museum von X. bewundern könne.

Herr Blaireau schloß diese Erklärung, indem er ganz beiläufig hinzufügte, daß die umstrittenen Altertümer unter Leitung und mit dem vollen Einverständnis Herrn Douxamys (des Vorgängers Herrn Blaireaus) erworben worden seien, daß dieser letztere besagte Stücke in dem Katalog registriert und ihnen einen passenden Ausstellungsplatz im Museum angewiesen habe. Es sei selbstredend, daß er, Herr Blaireau, sich niemals erlauben würde, an der Autorität seines so bedeutenden, ihn in jeder Beziehung weit überragenden Vorgängers zu zweifeln.

Durch diese Erklärung zog Herr Blaireau seine eigene Person mit großer Geschicklichkeit aus der unliebsamen Affäre, und sie wurde allgemein höchst beifällig aufgenommen. Alle Welt war in das Museum gekommen, um die betreffenden Altertümer zu betrachten, und überall und an allen Orten wurde der feine Takt, das Kunstverständnis und Talent des Herrn Konservators Blaireau gepriesen, während gleichzeitig manche etwas hämische Bemerkung über seinen Vorgänger, den armen Herrn Douxamy, fiel, der ja freilich nicht mehr da war, um sich verteidigen zu können. All dies hatte die gute Laune Herrn Blaireaus erhöht und seinem Herzen wohlgetan.

Wie ich bereits gesagt, befand der Konservator sich bei Beginn dieser Erzählung friedlich schlummernd in seinem Kabinett. Es schlug vier Uhr. Durch die weiten Säle des Museums ertönte der laut mahnende Ruf: »Es wird geschlossen«, wodurch die Aufseher allzu eifrige Besucher zur Eile anzutreiben pflegen. Es war an einem Frühlingsnachmittag.

Herr Blaireau reckte sich, stand auf, warf einen Blick durch das Fenster und lächelte den sich entfaltenden Blattwedeln eines jungen Kastanienbaumes zu, die sich in der vom Fluß kommenden Brise hin und her wiegten. Herr Blaireau war seines Lebens noch sehr froh. Er wusch seine Hände, steckte sich eine Zigarre an und strich sorgsam die Falten seines Überziehers zurecht. Als er sich dann vom Spiegel ab und der Tür zuwandte, öffnete sich diese plötzlich ganz geräuschlos, und ein offenbar menschliches, aber höchst eigentümlich aussehendes Wesen glitt in das Zimmer.

»Nun«, sagte der Herr Konservator, der ziemlich überrascht auf die große, dürftige Gestalt blickte, die vor ihm stand. Sie war mit einem Malkittel bekleidet, der mit Farbklecksen aller Art bedeckt war, und ihr Kopf war fest von einem engen Mützchen umschlossen, das aus schmalen Streifen eines schmutzigen Stoffes hergestellt zu sein schien.

»Nun«, sagte Herr Blaireau, »wen haben wir denn hier?«

»Ich«, so sagte die Gestalt, nachdem sie die Tür hinter sich geschlossen hatte, »ich bin die thebaische Mumie aus dem großen Saal, – und – ich habe genug davon.«

»Sie haben genug davon, ja, von was denn«, fragte fast unbewußt Herr Blaireau, der ganz starr vor Erstaunen war.

»Ich habe genug von allem, und ganz besonders bin ich es gründlich leid, noch länger Mumie in Ihrem schmutzigen Museum zu sein«, sagte der andere, sich in einem grünen Sessel niederlassend und sein mageres linkes Bein über das spitze rechte Knie legend. »Ich habe mehr als genug davon. Es ist die höchste Zeit, daß das aufhört.«

Es entstand eine längere Pause. Herr Blaireau, der Mann der ägyptischen Altertümer, starrte mit runden erschrockenen Augen auf diese merkwürdige Antiquität, die zu ihm gekommen war, um Streit mit ihm zu suchen, und die Seele des Konservators wurde von den verschiedensten, aber keineswegs angenehmsten Gefühlen bewegt.

»Sie ... Sie sprechen Französisch«, sagte endlich Herr Blaireau mit gepreßter Stimme.

»Das scheint wohl so, da ich französisch zu Ihnen rede, Sie Dummkopf«, rief die Mumie in gereiztem Ton. »Übrigens, hören Sie auf, mich so albern anzugaffen, das gefällt mir durchaus nicht.«

Herr Blaireau wurde dunkelrot.

»Verzeihung«, sagte er, »es ist absichtslos geschehen. Aber nicht wahr, es ist doch auch wirklich etwas höchst Seltsames, wenn die Toten wiederkommen –«

»Oh, machen Sie keine albernen Redensarten«, sagte der andere. »Alle Welt – ausgenommen natürlich die Altertumsforscher – weiß nur zu gut, daß die meisten von uns lebendig einbalsamiert worden sind. Der amerikanische Gelehrte hat es bewiesen, und viele andere sind derselben Meinung. Wenden Sie sich mit Ihren Geistergeschichten an eine andere Adresse, so etwas ist nichts für mich. Wenn ich tot wäre, würde ich nicht hier sein, das bitte ich Sie zu glauben. Dann würde ich zu Hause bleiben.«

»Das ist – wunderbar – ist – wunderbar«, murmelte Herr Blaireau, seine Nase streichelnd. »Aber – wie machen Sie es, um gehen und sprechen zu können?«

»Ich bewege meine Füße und meine Zunge wie alle andern Leute auch. Wollen Sie mich übrigens beleidigen, indem Sie mir solche Fragen stellen? Sie Idiot«, antwortete der Ägypter, der ernstlich gekränkt zu sein schien. »Wissen Sie, ich kann mich meiner Hände sehr gut bedienen«, und er streckte den Arm über den Tisch aus und kniff kräftig in das Ohrläppchen Herrn Blaireaus.

»Mein Herr«, rief dieser, vor Schmerz aufschreiend.

»Mein Herr?« fragte der andere ruhig.

Dann schwiegen beide.

»Also«, nahm dann die Mumie das Gespräch wieder auf, »also: ich habe zuviel von Ihnen gesehen. Ich finde Sie häßlich. Ich will von hier fortgehen. Aber, da Sie trotz Ihrer Häßlichkeit, Ihres Geizes und Ihrer Dummheit immerhin Konservator dieses Museums sind, in dem ich Mumie bin, will ich, ehe ich von hier gehe, das tun, weshalb ich zu Ihnen gekommen bin, ich will Ihnen mitteilen, daß ich mein Amt niederlege.«

»Ihr Amt niederlegen? Ihr Amt – als was?« stammelte ganz verwirrt Herr Blaireau.

»Mein Amt als Mumie natürlich. Ich habe es satt. Seit vielen Jahren schon bin ich erwacht und habe immer mutterseelenallein in meinem Kasten gelegen. Ich bin ruhig darin geblieben und habe mich aus reiner Güte anschauen lassen, denn ich bin ein Mensch, der weiß, was sich schickt. Aber ich bin, je länger es dauerte, immer mehr davon angeekelt worden. Es wird aber auch alles hier immer schlimmer. Die Diener waschen die Parkettböden wie die Schweine auf, sie putzen den Staub nicht mehr von den Vitrinen und heizen nicht einmal mehr ordentlich ein. Das Publikum fängt an, unverschämt zu werden. Ich habe ja eine ganze Reihe von Konservatoren hier walten sehen, die alle ihre Sache schlecht gemacht haben, aber einer, der so minderwertig wäre, wie Sie es sind, ist mir bisher noch nicht vorgekommen. Einer nach dem andern ist dann gestorben – wie auch Sie sterben werden –, die Toten sind durch andere ersetzt worden, aber bisher habe ich noch keinen gesehen, dessen Wertlosigkeit nur annähernd mit der Ihrigen verglichen werden könnte. Sie übertreffen sie alle! Selbst Douxamy, trotz seines Eigensinns, seiner Taubheit und Unfähigkeit, war, mit Ihnen verglichen, ein Genie. Sie gehören dem Auswurf der Menschheit an. Das ärgert mich. Dazu kommt, daß ich mich langweile, ja, ich sage Ihnen dies ganz offen, ich langweile mich. Ich will hier heraus, will mit Menschen verkehren, mich ein wenig mit dem modernen Leben bekannt machen, will mich amüsieren. Außerdem will ich Geld haben, denn ich glaube, daß sich in dieser Beziehung die Verhältnisse nicht geändert haben und genau so geblieben sind, wie in den Tagen des alten Ägypten: Zu einem genußreichen Leben in der Gesellschaft von Lebemännern und schönen Frauen muß man Geld haben. Und eure Frauen sind wirklich sehr hübsch – das kostet um so mehr. Denken Sie nur, daß 4946 Jahre darüber verflossen sind, seit ich zuletzt --- Das halte ich nicht länger aus.«

»Aber, mein Herr«, protestierte verschämt Blaireau.

»Ach, dummes Zeug«, sagte barsch der andere. »Daß Sie nicht mehr können, ist durchaus kein Grund dafür, andern das Vergnügen verleiden zu wollen.«

»Geld«, so fuhr er dann fort, »würde ich mir zu verschaffen wissen, und zwar indem ich unter der Hand das verkaufe, was *Sie* Ihre Schätze nennen. Ich habe mir übrigens all diese Dinge genauer angesehen und gefunden, daß die meisten nichts wert sind.«

»Bitte«, warf der Konservator ein.

»Ja, daß die meisten nichts wert sind«, wiederholte die Mumie, »und das ekelt mich an. Dazu kommt dann jetzt noch diese Ihre Ehre angreifende Affäre wegen der gefälschten Altertümer, die alle Zeitungen veröffentlichen. Und das ist noch nichts... Denn immerhin weiß man nichts Bestimmtes... Aber wenn ein wirklicher Kenner sich Ihre Sammlung mal näher ansehen wollte – das würde das Ende sein. Und ich will das nicht miterleben. Als ich in der ersten Zeit hier war und mir Ihre sogenannten Altertümer ansah, da fühlte ich mich sehr peinlich davon berührt. Aber nach und nach habe ich mich daran gewöhnt. Allmählich bin ich dazu gekommen, sie zuzulassen, verstehen Sie wohl, ja, sie beinahe für authentische Antiquitäten zu halten. Aber nach diesem Zeitungsskandal ist das nicht mehr möglich. Alle Welt zweifelt an allem. Selbst meine Echtheit wird in Zweifel gezogen. Ja, mein Herr, es ist so, wie ich Ihnen sage.

Erst heute hörte ich, wie ein Dummkopf allen Ernstes behauptete: ›Siehst du, der Chinese da, der gehört auch zu den gefälschten Altertümern, sieh dir nur mal seinen Schädel an, der ist von bemaltem Holz gemacht.‹ Er sagte das zu einer hübschen kleinen Dame, die laut lachte. Nun, das war der Tropfen, der das Gefäß zum Überfließen gebracht hat. Ich will es nicht leiden, daß man hübsche kleine Damen zum Lachen bringt, indem man ihnen sagt, ich sei ein Chinese aus bemaltem Holz. Ich bin ein Ägypter, mein Herr, und zwar ein sehr lebendiger Ägypter. Himmelkreuzdonnerwetter!

Aber kommen wir zum Schluß. Ich mache mich wieder frei. Ich will, um Geld zu verdienen, für die Zeitungen schreiben und alles erzählen, was ich weiß und hier erfahren habe, oh, nur die Wahrheit, das andere wird sich dann finden. Ich werde auch von Ihnen erzählen, Sie altes Rindvieh, der Sie sich geschickt das Ansehen eines Gelehrten zu geben wissen, der alles weiß, während Sie in Wirklichkeit nichts wissen.«

Die Mumie erhob sich wütend von ihrem Platz.

»Wenn er geht, bin ich verloren«, dachte Blaireau. »Lieber, lieber – Freund«, sagte er zu dem Ägypter, die Hand auf seinen Arm legend.

»Nein, Herr«, sagte der andere zurückweichend.

»Lieber Freund«, wiederholte in schmeichelndem Ton Herr Blaireau, »sollte es denn wirklich kein Mittel geben, die Sache gütlich zu arrangieren? Ereifern wir uns nicht. Lassen Sie uns wie Freunde miteinander reden. Ihre Abdankung anzunehmen, muß ich mich entschieden weigern. Ein Mensch wie Sie ist sich seinesgleichen schuldig. Ganz gewiß haben wir noch andere schöne und authentische Mumien in unserem Museum (der Ägypter lachte so höhnisch, daß kalter Schweiß über Herrn Blaireaus Rücken rieselte), ja«, wiederholte der Konservator, »wir haben schöne und authentische Mumien – aber Sie sind die bewunderungswürdigste, Sie entzücken aller Augen, mit einem Wort: Sie sind uns durchaus notwendig, wir können Sie keinesfalls entbehren.«

»Was wollen Sie damit sagen«, erwiderte der Ägypter trocken, aber doch ein wenig besänftigt.

»Was ich damit sagen will? Nun, ganz einfach, daß wir Sie behalten müssen. Beruhigen Sie sich, und spielen Sie nicht gleich wieder den wilden Mann. Es wird sich schon ein Mittel finden lassen, diese Angelegenheit zu gegenseitiger Zufriedenheit zu arrangieren. Seien Sie friedlich –– Sie sehnen sich nach der Freiheit, und ich verstehe das vollkommen. Aber kommen Sie doch alle Tage von 9 bis 17 Uhr in das Museum – das ist nicht so sehr lang – während dieser Zeit müßten Sie sich allerdings verpflichten, in Ihrem Kasten zu bleiben und sich ansehen zu lassen. Sehen Sie, das ist nicht schwerer, als in ein Büro zu gehen, und heutzutage gehen alle Menschen ins Büro, das gehört zum modernen Leben, und da Sie in der Gegenwart leben wollen, müssen Sie das mitmachen. Ohne sein Büro könnte ein moderner Mensch gar nicht existieren. Man tut dort ja eigentlich nichts – aber man muß eben dahin gehen. Das muß so sein. Das ist ebenso notwendig wie das liebe Brot. Sie müssen also tun, wie alle Welt es tut. Sie werden Ihre Bürostunden einhalten, wie jeder andere moderne Mensch – ich will damit sagen, daß Sie Ihren Kasten als Büro betrachten müssen. Es geht nicht ohne das – Sie werden stehen, anstatt zu sitzen, das ist der einzige Unterschied.«

»Ja«, sagte die Mumie, immer noch ein wenig übellaunig, »aber ihr werdet alle dafür bezahlt.«

»Natürlich sollen Sie das auch werden. Sie sollen – nun – sagen wir mal, 400 Francs im Monat haben – das ist doch ein anständiges Honorar, dazu noch 300 Francs als Wohnungsentschädigung. Um 17 Uhr sind Sie immer frei, können herausspazieren, sich amüsieren, wie Sie wollen.«

»Mich amüsieren, mich amüsieren? – Und meine Pension? Wird man mir wenigstens zu gegebener Zeit eine anständige Pension bewilligen?«

»Eine Pension, weshalb? Sie sind in fester, von keiner Seite kündbarer Stellung.«

»Nun, damit bin ich einverstanden«, sagte die Mumie, »aber da ich nun schon so viele Jahre umsonst gearbeitet habe, bitte ich Sie, mir als Entschädigung wenigstens eine kleine Summe, etwa zehn Louis, auszuzahlen. Und dann, fast alle Ihre Angestellten haben Orden oder goldene Medaillen – es gibt ihnen das auch wirklich ein gewisses Ansehen. Wenn ich ein Mützchen mit Goldstreifen oder ein Käppi aufgehabt hätte, würde der Dummkopf, über den ich mich heute so sehr geärgert habe, es gewiß nicht gewagt haben, mich zu verspotten.«

»Sehr wahrscheinlich nicht«, gab Herr Blaireau ohne weiteres zu. »Aber ich kann Ihnen kein Mützchen mit Goldstreifen und auch kein Käppi geben, weil Ihnen das wirklich nicht zu Gesicht stehen würde. Was meinen Sie jedoch zu den akademischen Palmen? Was? Das wäre eine Idee! – Man könnte sie an Ihrem Kasten anbringen.«

»Das ist ein Wort«, sagte die Mumie, die sich durch dieses letzte Versprechen sichtbar geschmeichelt fühlte. »Das wäre also abgemacht. Aber überlassen Sie mir auch jedenfalls Ihren Überzieher und den Schlüssel zu der Ausgangstür. Ich will heute abend ausgehen, und diese Bluse, die ich einem der Anstreicher weggenommen habe, ist wirklich zu schmutzig.«

»Nehmen Sie beides«, sagte Blaireau, der nur allzu glücklich war, so billig davongekommen zu sein. »Vergessen Sie die vereinbarten Dienststunden nicht: von 9 bis 17 Uhr. Vor allem aber – bringen Sie kein Wort darüber in die Zeitungen.«

»Vertrauen Sie meinem Wort«, sagte der Ägypter. Er ging.

»Vergessen *Sie* aber nicht«, sagte er, noch einmal den Kopf durch die Tür steckend, »daß ich richtige silberne Palmen auf meinem Kasten haben will und nicht nur ein einfaches Band.«

»Abgemacht, mein Lieber«, rief der Herr Konservator, seinen Hut aufsetzend.

»Man sieht, daß dieser der alten Zeit angehörende Mensch nicht weiß, wie allgemein verbreitet die von ihm begehrte kleine Auszeichnung ist. Na, ich danke Gott dafür«, murmelte er, als er wenige Augenblicke später die Treppe hinabstieg, »denn dadurch ist es mir gelungen, ihn billig zu engagieren. Und er ist vielleicht die *einzige* unserer Antiquitäten, die wirklich *echt* ist.«

Das Ohr Josua Flints

Es war einmal ein sehr armer Mann.

Er hieß Evans und lief mit ganz zerfetzten Schuhen in den Straßen New Yorks umher. Seine Hose war ausgefranst, sein Mantel zerlumpt und sein Hut in kläglichem Zustand. Er machte einen ziemlich verstörten Eindruck, denn er hatte seit dem frühen Morgen nichts gegessen.

Er setzte sich in eine Mauerecke. Er fing an, einzusehen, daß für ihn kein Platz im Leben sei, trotz seiner verschiedenen Talente, seiner Energie und des kräftigen Optimismus, der ihn bis dahin noch niemals im Stiche gelassen hatte, jetzt aber doch ins Wanken geriet, da er sich niemals in Einklang bringen ließ mit dem wirklichen Gang der Dinge.

Den Kopf in die Hände gestützt, saß Evans also hungernd in seiner Straßenecke. Er fühlte sich wirklich sehr elend. »Ich weiß, daß ich eine Kraft bin«, sagte er sich, »und trotzdem werde ich Hungers sterben.« Seine Schwäche war so groß, daß sein Mut ihn verließ. Er fühlte, wie etwas Feuchtes in seine Augen stieg, und er vergoß eine Träne über sich selbst.

»Wollen Sie zehntausend Dollar verdienen?« fragte ihn plötzlich eine Stimme.

»Ja«, antwortete Evans, ohne zu zögern.

Er stand auf und musterte den Fragesteller. Es war ein Mann von etwa vierzig Jahren, gut gekleidet und von entschiedenem, intelligentem Aussehen. Er hatte sich unbemerkt von Evans, der ganz in sein Unglück versunken war, diesem genähert und mit Aufmerksamkeit die Seite seines Kopfes betrachtet.

»Es würde zu gebrauchen sein«, murmelte er, und dann hatte er dem anderen das Anerbieten von zehntausend Dollar gemacht.

»Wollen Sie wirklich dieses Geld verdienen?« wiederholte er.

»Ja«, sagte Evans mit großer Bestimmtheit, »was muß ich dafür tun?«

»Verkaufen Sie mir Ihr rechtes Ohr«, antwortete der andere prompt.

»Mein Ohr?«

»Ja. Ihr Ohr. Ich kaufe es Ihnen ab. Ja oder nein?«

»Was wollen Sie denn damit machen?«

»Es Ihnen keinesfalls zur Verfügung stellen, verstehen Sie das wohl. Ich bin Risley, der Chirurg. Ich werde es Ihnen selbst abschneiden, Sie haben dabei nichts zu befürchten. Ja? Nein?«

»Ja, natürlich«, sagte Evans.

»Sehr gut. Kommen Sie mit mir.«

Die Klinik des berühmten Risley, des bedeutendsten und kühnsten Operateurs, des Königs der experimentellen Physiologie, dessen Ruhm ganz Amerika erfüllte und sich von dort aus über Europa verbreitet hatte, war glänzend eingerichtet und mit den weitestgehenden antiseptischen Vorsichtsmitteln ausgestattet.

Evans folgte dem Chirurgen, der weiter nicht mehr mit ihm sprach, und durchschritt an seiner Seite eine Diele, einen Gang und mehrere große Säle, die von so leuchtender Sauberkeit waren, daß der Gedanke an hier hausende Mikroben und Bazillen ganz ausgeschlossen war.

In einem dieser Säle befanden sich an den Wänden ganze Reihen kleiner Nischen, in denen allerlei anormale und verwirrend aussehende Geschöpfe herumkrabbelten, deren Aussehen durchaus nicht mehr dem entsprach, das die Natur diesen Tieren verliehen und unter dem sie uns vertraut sind. Es waren Produkte des schrecklichen Messers Risleys, seine Opfer und sein Triumph, die arrangierte Natur! Der Physiologe machte einen Augenblick halt vor einer dieser Nischen, in der sich ein wunderliches Etwas bewegte, das die größte Ähnlichkeit mit zwei in den Flanken miteinander verwachsenen Ratten hatte. Evans blieb ebenfalls stehen und fühlte dann plötzlich, wie eine heiße Zunge seine Hand leckte. Er sah einen Hund vor sich, dessen eine Körperhälfte ein weißes, kurzes Fell hatte, während die andere Hälfte schwarz und langhaarig war. Der Kopf des Tieres war weiß und mit einem gespitzten Ohr auf der schwarzen Seite, während auf der weißen Seite sich ein rötliches, herabfallendes Ohr befand. Der Schwanz, der freundlich hin und her wedelte, glich dem eines Schweines und ringelte sich schraubenförmig empor.

Die Stimme Risleys weckte Evans aus seinen Betrachtungen. »Wird's bald? Kommen Sie?« fragte er ungeduldig.

Evans hob den Kopf. Er sah sehr blaß aus.

»Was wollen Sie mir an Stelle meines Ohres an den Kopf setzen?« fragte er rauh und mit heiserer Stimme.

»Gar nichts, Dummkopf«, rief Risley. »Ich schneide Ihnen einfach das Ohr ab, weil ich es brauche, das ist alles.«

»Ist das auch ganz gewiß? Werden Sie mir nicht etwa ein lebendiges Tier oder etwas anderes annähen?«

»Nein. Außerdem werden Sie den Kontrakt sehen.«

Sie hatten ein großes Arbeitszimmer erreicht. Man gab Evans einen Stuhl. In diesem Augenblick klingelte das Telefon.

»Sie werden nicht lange zu warten haben, der Patient wird sogleich erscheinen«, sagte ein Assistent Risleys zu Evans, der es kaum zu verhindern vermochte, daß seine Zähne aufeinanderschlugen. Dann bemächtigten sich Dr. Risley und ein anderer Arzt seiner Person, und sie horchten ihn ab und untersuchten ihn nach allen Regeln der Kunst und auf das sorgfältigste. »Er ist gesund«, murmelte Risley halblaut, und wie sein Echo wiederholte der Assistenzarzt: »Er ist gesund.«

Zwanzig Minuten später trat ein großer und starker Herr ein. Sein Kopf war auf der einen Seite verbunden. Ohne Evans nur anzublikken, ergriff er ihn am Arm, führte ihn an das Fenster und betrachtete sein Ohr. Dann riß er sich den Verband vom Kopf. An der rechten Seite befand sich eine schreckliche, noch nicht geschlossene Wunde. Das Ohr war ganz weg, es war nur noch ein scheußlicher Stummel zu sehen. Mit dem Spiegel in der Hand musterte der starke Herr sein ihm verbliebenes Ohr und verglich es dann mit dem Evans'.

»Das seine ist größer und nicht so graziös, aber ich denke doch, daß es genügen wird«, sagte er endlich. Jetzt endlich hatte Evans verstanden. Er wurde leichenblaß.

»Wollen Sie den Kontrakt unterzeichnen?« fragte Risley mit harter Stimme.

Evans las. Es war ein Kaufvertrag in bester Form. Er verkaufte sein Ohr und erhielt dafür zehntausend Dollar.

Ohne ein Wort zu erwidern, unterzeichnete er.

Einige Minuten später lag Evans, nachdem er gewaschen, rasiert und chloroformiert worden, auf dem Operationstisch und verlor sein Ohr, ohne sich dessen bewußt zu sein. Diese Zierde seines Kopfes wurde mit einer eleganten Naht an dem Schädel des starken Herrn befestigt, der, ebenfalls chloroformiert, auf einem anderen Tisch lag.

Als Evans, nachdem man ihn sorgfältig verbunden hatte, aus der Narkose erwachte, war die Nachwirkung des Chloroforms so stark, daß er ganz verwirrt war und sich absolut nicht erinnern konnte, was denn mit ihm vorgegangen sei.

»Wer ist das?« fragte er halblaut mit einer Bewegung des Kinns auf den deutend, den man soeben mit einem Teil seiner eigenen Person geschmückt hatte.

»Der Multimillionär Josua Flint, der König des konservierten Fleisches«, antwortete ebenfalls mit halblauter Stimme der Assistenzarzt, der sich mit ihm beschäftigt hatte.

»Hat er einen Unfall erlitten?«

»Nein, hat Händel bekommen. Er war schwer betrunken. Hat einen Schlag mit 'nem Mauerstein aufs Gesicht bekommen! Soll in einem Monat heiraten, ein sehr hübsches Mädchen. Natürlich hat er sich vorher reparieren lassen. Sie verstehen...«

»Ich verstehe«, sagte Evans.

Er blieb in der Klinik Risleys, bis er vollständig geheilt war. Er bezeugte ein so lebhaftes Interesse für die gepfropften Tiere und die aneinandergenähten Ratten, daß der berühmte Meister ihm das Anerbieten machte, ganz bei ihm zu bleiben und sein Gehilfe zu werden. Aber Evans wollte das nicht. Seine Haare wuchsen schnell und verbargen seine Wunde. Sein erster Ausgang fand an demselben Tag statt, an dem Josua Flint heiratete, und er ging in die Kirche, um die feierliche Zeremonie der Trauung anzusehen. Er überzeugte sich bei dieser Gelegenheit, daß sein eigenes dem Schädel des Milliardärs angepfropftes Ohr diesem sehr gut stand. Diese Tatsache mußte wohl Evans ein besonderes Vergnügen machen, denn er lachte leise in sich hinein.

Mit seinen zehntausend Dollar im Beutel und kühnen Projekten im Kopf trat dann Evans wieder in das Leben ein.

Zehn Jahre nach den Ereignissen, die ich soeben erzählt habe, befand sich Josua Flint an einem trockenen und kalten Wintermorgen in einem der Wartesalons der großen Bank von New York, deren Direktor er in Angelegenheiten von höchster Wichtigkeit zu sprechen wünschte.

Im Augenblick wartete er – er, der einst so viele andere auf sich warten ließ.

Der »König des konservierten Fleisches« hat sich in der Tat ein wenig verändert. Er ist vor der Zeit gealtert. Seine Stirn ist kahl, seine Wangen sehen violett, seine Augen gerötet aus, aber die Narbe, die Doktor Risley gezeichnet hat, umzieht immer noch mit einer rosa Linie sein rechtes Ohr, für das er zehntausend Dollar gezahlt hat. Risley selbst, dieser ausgezeichnete Chirurg, lebt nicht mehr; er starb, weil er, der andere so gut zu operieren wußte, doch sich selbst nicht hatte operieren können, wenngleich es sich um sein Leben handelte.

Josua Flint schreitet in niedergedrückter, erregter Stimmung auf und nieder. Er ängstigt sich; er ist sich dessen bewußt und fürchtet zusammenzubrechen. Endlich wird er vorgelassen.

Hinter einem ganz im Hintergrund eines ungeheuer großen Arbeitszimmers stehenden Schreibtisch sitzt der Direktor der großen Bank.

Es folgt ein langes, eindrucksvolles Schweigen.

Josua Flint blickt den Direktor an. Der Direktor jedoch würdigt Josua Flint keines Blickes, und der letztere fühlt sich plötzlich von einem Gefühl beherrscht, das er bisher niemals gekannt: von der Schüchternheit. Endlich rafft er sich auf und bricht los: »Was wollen Sie eigentlich? Was haben Sie gegen mich? Warum versteifen Sie sich darauf, mich ohne Waffenstillstand unausgesetzt zu bekämpfen? Sie haben all meine Feinde zu einem schrecklichen Bunde gegen mich zu verbinden gewußt, und Sie sind es, der den Kampf gegen mich angefangen hat. Von Ihnen allein kommt all mein Unglück; ich weiß das mit Bestimmtheit, und Sie wissen, daß es so ist. Sie sind es, der mich überall verdächtigt hat, und Sie haben es sich viel Geld kosten lassen, um eine Untersuchung meiner Fabrikate zu bewerkstelligen. Sie haben den Weltruhm meiner Konservenbüchsen erschüttert, indem Sie behaupteten, daß sie das Fleisch an Krankheit gestorbener Tiere enthielten. Sie sind es, der das abscheuliche Gerücht zu verbreiten wußte, daß man täglich menschliche Finger und antiseptische Verbandlappen in meinem konservierten Fleisch finden könnte. Sie sind der Erfinder des lächerlichen Märchens, daß meine Würstchen aus Tonerde und gehackten Flechsen fabriziert würden. Sie haben in dem Depeschensaal des ›Hände hoch‹ jene ekelhafte Analyse des von mir fabrizierten Fleischextraktes ausstellen lassen, zugleich mit dem Rattenschwanz, den man in einer meiner Wildpasteten entdeckt haben will. Sie haben dem Publikum einzureden gewußt, daß Ihnen mehrere Hunde gestorben seien, weil man sie gezwungen habe, eins meiner ›Frühstücke für Schüler‹ zu verzehren. Sie haben den Beistand der Politiker zu erkaufen gewußt, um gegen mich in das Feld zu ziehen und eine Untersuchung gegen meine Fabrikate anzustrengen. Man hat mich verfolgt, man hat mich entehrt, und der Skandal hat sich über zwei Welten ausgebreitet. Und während ich immer tiefer sank, stiegen Sie. Sie erbauten Ihre Macht mit den Trümmern der meinen, das ist wahr, aber Ihr Ziel, Ihr Endziel war es doch nur, mich ins Verderben zu stürzen, denn Sie haben viel Geld verloren, um mich zu ruinieren.«

Josua Flint war so hingerissen von der Heftigkeit seiner Gefühle, daß er gezwungen war, sich zu unterbrechen, um Luft zu schöpfen. Der Direktor der großen Bank saß stumm und mit niedergeschlagenen Augen da und verriet durch kein äußeres Zeichen, daß er auch nur das geringste Interesse empfand für das, was Flint ihm sagte.

Der arme Ex-König des konservierten Ochsenfleisches holte einige Male tief Atem und ergriff dann wieder das Wort: »Ich bin jetzt hierher gekommen, um mich offen mit Ihnen auszusprechen, mein Herr. Ich weiß Ihren Wert vollkommen zu schätzen, doch ist das kein Grund, den meinen so gering zu achten. Ich gehe direkt auf das Ziel los. Wollen Sie, anstatt mich zu bekämpfen, nicht lieber gemeinsame Arbeit mit mir machen? Sie wissen es bereits, daß ich ein geradezu großartiges Unternehmen plane: Ich habe den Trust sämtlicher Jagden Zentralafrikas in Händen, und ich beabsichtige gleich an Ort und Stelle Wildkonserven aller Arten zu fabrizieren und damit alle Märkte zu konkurrenzlosen Preisen zu überschwemmen. Es sind bei diesem Unternehmen enorme Summen zu verdienen, aber schon ehe es ins Leben getreten, wird es von Ihnen bekämpft, und Sie lassen es sich angelegen sein, überall zu verbreiten, daß meine Wildpasteten hier zubereitet würden und daß sie aus den unglaublichsten, widerlichsten Fleischabfällen hergestellt würden, daß man sie ganz fertig nach Afrika schicke, um sie von dort aus in Europa und Amerika einzuführen. Ich komme also zu Ihnen, um Sie zu bitten, doch endlich Ihre unnötigen Angriffe ruhen zu lassen... Ich komme, um Ihnen zu sagen: Einigen Sie sich mit mir, wenn wir Hand in Hand gehen, können wir Großes erreichen und den Handel von ganz Amerika an uns reißen.«

Der Direktor der großen Bank schlug noch immer die Augen nicht auf, er sprach kein Wort und schüttelte nur den Kopf als Zeichen, daß er nicht gesonnen sei, auf den ihm gemachten Vorschlag einzugehen.

»Nein?« schrie Josua Flint, der ganz violett geworden war. »Nein? Und warum nein? Das ist töricht, ist kindisch, es widerspricht Ihren eigenen Interessen! Das ist reine Böswilligkeit, grundlose, unerklärliche Böswilligkeit! Was habe ich Ihnen getan? Was wollen Sie denn eigentlich? So reden Sie doch – sagen Sie, was Sie von mir wollen?«

Da erhob sich der Direktor der großen Bank von seinem Sitz. Die rechte Hand strich die schwer und lang herabfallenden Haare zurück und enthüllte eine schreckliche Narbe an der Seite seines Kopfes. Er neigte sich Josua Flint, der ihn jetzt erkannte, entgegen, und mit dumpfer, von namenlosem Haß erfüllter Stimme sagte er: »Geben Sie mir mein Ohr zurück.«

Der Mann ohne Maske

»Nein, ist es möglich, bist du es wirklich, Milo?« Bei diesem Ausruf wandte der Chauffeur, der eben das prächtige Auto, das er führte, zum Stehen gebracht und vor der roten Laterne eines auf dem Boulevard de Courcelles gelegenen Tabakladens ausgestiegen war, lebhaft den Kopf.

Er sah einen hübschen, braunen und schöngebauten Burschen in ärmlichen Kleidern und mit einer Kappe auf dem Kopf, der, aus einer kleinen Schankwirtschaft heraustretend, im Begriff war, geräuschlos in der nebligen Nacht zu verschwinden, der aber bei seinem Anblick stehenblieb.

»Ach, der Algerier«, rief der Chauffeur ganz überrascht aus. »Wo kommst du denn her? Man hatte mir gesagt, du wärest in Fresnes?« fügte er leiser hinzu.

»Ganz recht, von dort komme ich auch«, sagte der andere einfach. »Komm, wir wollen zusammen ein Glas trinken...«

Sie hatten in demselben Regiment gedient und Freundschaft miteinander geschlossen, sich aber jetzt seit drei Jahren nicht mehr gesehen. Sie waren ein paar faule, liederliche und renommistische Burschen, aber Milo hatte wenigstens im bürgerlichen Leben einen Beruf, er war Mechaniker und Chauffeur und verdiente sein Brot in ehrlicher Weise, während der Algerier (er war in Paris geboren und verdankte diesen Beinamen seinem pechschwarzen Haar und seiner bleichen Gesichtsfarbe) die kleinen Mädchen, die er mit seinem Schutz beehrte, für seinen Unterhalt sorgen ließ. Er fand nämlich, daß er ein viel zu hübscher Bursche sei, um etwas anderes auszuführen als einen Einbruchdiebstahl oder einen gelegentlichen nächtlichen Überfall auf harmlose Spätheimkehrer. Infolge einer etwas zu brutal geratenen Auseinandersetzung mit der großen Marzelline wurde er gezwungen, sechs Monate lang die Gastfreundschaft der Regierung in Anspruch zu nehmen.

Während sie ein Gläschen starken Branntweins nach dem andern tranken, kramten sie alle Erinnerungen aus ihrer Soldatenzeit aus und erzählten sich von ihrem jetzigen Leben. Der Algerier schien ganz zufrieden damit zu sein; aber Milo geriet ganz außer sich, und mit bleichem, haßentstelltem Antlitz tobte und fluchte er über seinen »Affen«, das heißt seinen Herrn, den Baron von Follerge, der Eigentümer des großen Autos war, das vor der Tür stand.

Milo erging sich in einer wahren Flut schmutzigster Schmähreden in unmöglich zu wiederholenden Ausdrücken, von denen der andere nur soviel verstand, daß der Baron ihn gestern gebeten habe, sich am Ende des Monats eine andere Stellung zu suchen, und das nur aus dem einen elenden Grund, weil Milo eines Abends, als er heimlicherweise kleine Mädchen mit losen Sitten spazierengefahren hatte, einen Mietwagen zertrümmert und das Auto schwer beschädigt hatte und weil der Baron für den Schaden aufkommen mußte.

»Er verdiente es, auf die Galeeren zu kommen, weil er mich so vor die Tür gesetzt hat«, schloß er, einen wütenden Blick nach der Richtung des unschuldigen Autos sendend.

»Und wo ist er heute abend, dein Affe?« fragte der Algerier, um nur etwas zu sagen.

»Er sollte zu einem Kostümball gehen, und ich habe bis um zehn Uhr auf ihn gewartet; dann hat er gesagt, er hätte die Grippe, er schwebt immer in Angst um seine Gesundheit, und er hat mir sagen lassen, ich solle das Auto in die Garage bringen.«

»Zu einem Ball? Er sollte zu einem Kostümball gehen...«, sagte der Algerier, über dessen Gesicht ein spöttisches Lächeln huschte. »Sag mal, Milo, weißt du, wo dieser Ball stattfinden wird?... Höre, da könnte man einen feinen Streich ausführen und sich prachtvoll amüsieren...«

Und, sich dem Ohr seines Kameraden zuneigend, entwickelte er ihm seinen Plan, der auf dem Gesicht des Chauffeurs abwechselnd den Ausdruck des Erstaunens, der Unentschlossenheit, des Vergnügens und endlich einer wahren Begeisterung hervorlockte.

»Himmelsapperment! Das ist wirklich eine großartige Idee«, brüllte Milo, indem er sich in einem wahren Freudendelirium auf die Hüften schlug... »Aber man wird dich nicht hineinlassen«, meinte er dann etwas bedenklich, »du bist nicht maskiert...«

»Doch, mein Alter! – Du kennst diese Bande nicht! Sie werden mich für einen Herzog halten, der einen Scherz gemacht und sich in einen Apachen verkleidet hat... Außerdem aber, was riskiert man dabei? Es ist kein Diebstahl, kein Mord, überhaupt nichts Strafbares... Auch für dich können keine üblen Folgen daraus entstehen, da dein Herr dir ja ohnehin schon den Laufpaß gegeben hat... Und ich möchte mir wirklich gern mal einen Abend in der vornehmen Welt leisten...«

Milo ließ sich überreden. Zehn Minuten später bog das elegante Auto des Barons de Follerge in die Allee des Bois de Boulogne ein und strebte dem schönen, großen Hotel zu, das Herrn und Frau von Brenner gehörte, deren Adel zwar noch sehr jung war, die aber zu den Multimillionären zählten und die heute ein glänzendes Kostümfest veranstaltet hatten, das zu den Sensationen der Saison zählte. Milo reihte in korrekter Weise seinen Wagen dem langen Zug von Autos und Equipagen an, die dasselbe Ziel verfolgten, fuhr dann durch das weit geöffnete Gitter und machte halt vor der großen Freitreppe des Hotels, das in hellem Lichterglanz prangte und aus dem rauschende Musik ertönte.

Diener in reichen Livreen stürzten herbei, um die Tür des Autos aufzureißen, dem der Algerier in seiner schäbigen Kleidung, dem in der Taille zu engen Wams, der Kappe und den schmutzigen, vertretenen Schuhen langsam entstieg. Sehr gemütlich, die Hände in den Hosentaschen, mit neckischem Lächeln das gewichste Schnurrbärtchen über dem kleinen Mund emporziehend, erstieg er mit elastischem Schritt die breiten weißen Marmorstufen. Ein langsam vor ihm die Treppe hinaufsteigendes, durch seine reichen und schweren Gewänder etwas behindertes Paar, einen Dogen und eine Dogaressa vorstellend, bemerkte ihn.

»Oh!« sagte die Dogaressa mit einer Gebärde des Abscheus.

»Ach was, er ist bewunderungswürdig«, murmelte der Doge, einen bewundernden und neiderfüllten Blick auf den Algerier werfend. »Ich hätte auch viel besser daran getan, ein derartiges Kostüm zu wählen, statt dieses dummen Gewandes, das so schwer auf mir liegt... Hast du übrigens das prächtige Auto bemerkt, in dem er angekommen ist, liebe Freundin«, fügte er hinzu. »Wer es wohl sein mag?«

»Wer es wohl sein mag?« Ein Goldregen, eine Zauberin, ein Lohengrin fragten es – und alle Welt wiederholte diese Frage, denn niemand kannte den Namen dieses mit einer solchen Vollkommenheit verkleideten Gastes; aber derartiges passiert so oft in diesen großen Gesellschaften, wo einer den anderen nicht kennt, daß sich niemand weiter darüber wunderte oder eine Bemerkung darüber machte. Außerdem glaubten einige gut Informierte, in diesem Apachentyp hintereinander fünf oder sechs junge Leute der besten Gesellschaft zu erkennen. Der Hausherr, der dicke Herr von Brenner, der das Kostüm eines chaldäischen Zauberers trug, in dem er höchst lächerlich aussah, glaubte in ihm einen der Freunde seiner Frau zu sehen, während Frau von Brenner als »sternbesäte Nacht« dachte, daß er wohl ein Freund ihres Mannes sein müsse.

Der Apache hatte indessen einen tollen Erfolg. Seine abgerissene Kleidung, sein wiegender Gang, seine mit saftigen Ausdrücken des Gaunerjargons gemischte Sprache, der düstere und herausfordernde Blick seiner kalten Augen erschienen aller Welt wie die Höhe der Kunst und wie ein Meisterstück der Verkleidung. Es gab nur ganz vereinzelte kritische Geister, die der Meinung waren, daß er fast zu wahr, zu realistisch sei; ihre Eifersucht erweckte kein Echo.

»Er ist bewunderungswürdig, bewunderungswürdig«, wiederholte immer wieder der Doge, der ganz stolz darauf war, gleichzeitig mit ihm gekommen zu sein, und sich etwas darauf zugute tat, und der sich das Ansehen gab, als kenne er den interessanten Apachen ganz genau.

»Wir haben ihn aus seinem Auto kommen sehen«, sagte er, »meine Frau ist weg von ihm.«

»Sind Sie tätowiert? Ist es wirklich wahr, mein Herr, daß Sie sich tätowieren ließen, wie die wirklichen Apachen es tun?«

Eine phantastische, ungestüme, kleine byzantinische Prinzessin stellte dem Helden diese Frage. Sie ließ nicht nach, er mußte ihr seine schwere rechte Hand zeigen, auf der in der Nähe des Daumens der bläuliche Stern derer von Barbés sichtbar war.

»Ist das aber eine Idee! Für einen einzigen Abend! Und geht das nun wirklich nicht wieder fort?«

»Ach was«, mischte ein alter, ernsthaft dreinschauender Türke sich in die Unterhaltung. »Das ist ja doch nur gemalt, man sieht das doch sogleich. Ich habe echte Tätowierungen gesehen, die sind viel klarer, viel deutlicher...«

»Genug, sage ich dir! Laß das...« Der Apache entzog seine Hand unsanft der des Türken und ging weiter, während alles um ihn über die Echtheit seiner Sprache und Gebärde in lautes Gelächter ausbrach. Diese Geschichten mit der Tätowierung paßten dem Algerier nicht. Er hatte sich schon genug darüber geärgert, daß er so dumm gewesen, vor fünf Jahren, als er noch ein Novize gewesen, der sich für so etwas begeisterte, sich diesen schmutzigen Stern auf die Hand ätzen zu lassen. Solche dummen Scherze dienen nur dazu, sich kenntlich zu machen.

Er entfernte sich langsam aus dem Tumult des Festes, sich hier und dort mit kräftigem Druck durch die aufeinandergedrängten Gruppen Bahn machend. Ein eifersüchtiger Zorn, eine feindliche Verachtung bemächtigten sich seiner gegen all diesen Luxus, diesen Reichtum, gegen diese übereleganten Frauen, die ihr Fleisch und ihre Juwelen zur Schau trugen, gegen diese mit trügerischer Pracht behangenen Männer. Er empfand eine leidenschaftliche Lust, irgendeinen Gewaltakt zu begehen, sein Messer hervorzuziehen und auf diese Menschen loszustechen, sich dann davonzumachen – ihm schwindelte. Er blieb zögernd an dem Eingang einer Galerie stehen, in der getanzt wurde, und wandte sich dann dem reichbesetzten Büfett zu. Die dort aufgestapelten Delikatessen, die feinen, mit Gänseleberpastete belegten Sandwichs, vor allem aber der herrliche Champagner, gaben ihm seine gute Laune schnell zurück. In diesem Augenblick trat plötzlich eine sehr hübsche, braunhaarige Frau zu ihm. Sie war in duftige schwarze Gazewolken gekleidet, die mit Diamanten übersät waren, und auf dem sehr tief dekolletierten Busen trug sie einen wunderbaren großen Stern von Brillanten. Sie warf einen inspizierenden Blick auf das Büfett und kam dann entschlossen auf ihn zu.

Es war Frau von Brenner als sternbesäte Nacht.

Aber davon verstand der Algerier nichts. Er fand nur, daß es schon der Mühe wert sei, sich mit ihr zu beschäftigen, da sie außerordentlich hübsch aussah; er sagte ihr daher ein paar schmeichelhafte Redensarten – das heißt solche Redensarten, wie er sie zu gebrauchen pflegte, um die kleinen Mädchen von der Straße zu verführen.

War es nun, daß die junge Frau, überwältigt von der Müdigkeit des sich seinem Ende nahenden Festes, ganz benommen von der Hitze und der schweren, von Wohlgerüchen erfüllten Luft war, oder auch weil ihr diese ganze Situation neu und interessant erschien, jedenfalls zog sie sich vor seiner plumpen Galanterie nicht zurück. Sie glaubte vielleicht auch, daß ihr Kavalier auf keinen Fall aus der Rolle fallen wolle und nahm daher seine seltsame Art wie einen Scherz auf, der keine weiteren Folgen haben könne, und nervös lachend schritt sie an dem Arm des Mannes dahin, der sie völlig in Verwirrung setzte. Sie befanden sich bald am Eingang des ungeheuer großen Treibhauses, das der Stolz Herrn von Brenners war. Es lag jetzt völlig verödet da, weil die Gäste im Aufbruch begriffen waren und nach den vorderen Salons und der Garderobe zurückfluteten. Sie verloren sich in den von schwülem Duft erfüllten, dunklen Laubgängen. Da, mit einem Male, umschlang der Algerier die junge Frau und zerrte sie einem verschwiegenen Boskett zu. Tief erschrocken wollte sie ihm Widerstand leisten, ihn zurückstoßen; aber er hielt sie mit eisernem Griff, und ein brutaler, glühender Mund preßte sich fest auf ihre Lippen... Am ganzen Körper zitternd, gelang es der jungen Frau, sich endlich loszureißen und, so rasch sie konnte, dem Licht der Salons zuzufliehen, die sich schon beinahe völlig entleert hatten.

»Aber, meine liebe Freundin«, fragte Herr von Brenner seine Frau, als sich das Ehepaar, nachdem der letzte Gast gegangen war, allein miteinander befand, »mein liebes Kind, was hast du denn mit deinem Brillantstern gemacht?«

»Mit meinem Stern?« Frau von Brenner fragte sich staunend, wo der geblieben, der sie so glühend umarmt hatte und den sie nicht hatte fortgehen sehen, und gleichzeitig griff sie mit der Hand an ihre Brust, auf die sich vor wenigen Minuten eine so herrische Hand gelegt hatte. Ihr Brillantstern war verschwunden.

»Mein Gott, ich muß ihn verloren haben«, rief sie. Sie eilte in das Treibhaus; die ganz im Hintergrund befindliche kleine Tür, die zu dem nur durch eine nicht sehr hohe Mauer von der Straße getrennten Garten führte, war weit geöffnet. Sie suchte auf dem Boden in dem Boskett, sie fand ihren Brillantstern nicht – und plötzlich begriff sie.

»Das also war es«, sagte sie sich, beschämt, trostlos und, ohne es sich gestehen zu wollen, von einem kalten Schauder geschüttelt. Ganz verstört brach sie in lautes Weinen aus.

»Komm, komm, mein liebes Kind, weine doch nicht.«

Der prächtige Brenner, der niemals etwas von dieser Geschichte erfahren hat, streichelte zärtlich ihre Hände.

»Beruhige dich, so etwas kann passieren, in all der Unruhe und inmitten so vieler Menschen wird sich der Stern gelöst haben. Ich lasse dir einen anderen, noch viel kostbareren machen... Denke nicht mehr daran...«

»Das ist leicht zu sagen«, murmelte sie unter Tränen.

Gabriele und ihr Faun

Gabrieles Vater war unbekannt – ihre Mutter war Wäscherin. Da diese glaubte, daß ihr Töchterchen eine große Zukunft vor sich habe – Schneiderin in einem Haus der Rue de la Paix, vielleicht sogar Schülerin des Konservatoriums –, so quälte sie sie mit nichts, außer vielleicht mit der gelegentlichen, nicht ernst gemeinten Drohung, daß sie nun bald Klavier spielen lernen müsse. Unterdessen verwöhnte sie die Kleine, so sehr sie konnte, und ließ sie tun, was sie nur wollte. Übrigens hatte Gabriele, die man Gaby nannte, eine jener glücklichen, sonnigen Naturen, die aller Welt gefallen und der jeder eine Freude machen möchte. Sie war außerdem ein sehr artiges kleines Mädchen, das seine Kindheit damit verbrachte, entweder in den Straßen zu vagabundieren oder im Arbeitszimmer ihrer Mutter unter dem großen Tisch der Plätterin zu sitzen, um den derben Unterhaltungen der Arbeiterinnen zu lauschen, die sie zwar nur unvollkommen verstand, aber von denen sie doch mehr begriff, als man glaubte.

Ihre Mutter schickte sie regelmäßig zur Schule, wohin sie auch ganz gern ging, vorausgesetzt, daß das Wetter nicht allzu schön und verlockend war. Ihre Lehrerin war eine alte, etwas überspannte Dame, die Gabriele vor allen anderen Schülerinnen begünstigte, und zwar so sehr, daß sie sie oft noch nach den Unterrichtsstunden bei sich behielt, um sie mit Bonbons zu füttern und ihr lange wunderbare Geschichten zu erzählen. In diesen Erzählungen, in denen die alte Dame sich ganz von der Eingebung des Augenblicks leiten ließ, reihten sich Helden und Ereignisse der Weltgeschichte direkt an Feenmärchen und biblische oder mythologische Legenden an und bildeten ein buntes Durcheinander, in dem sich stets eine Geschichte an die andere schloß, zum Entzücken der kleinen Gabriele, die selbst eine sehr lebhafte Einbildungskraft besaß... Mit besonderer Vorliebe träumte sie von jenen fabelhaften Wesen, die, halb Tiere und halb Menschen, die Helden so seltsamer Abenteuer sind... Und die kleine Gaby verbrachte nicht wenige Stunden damit, sich in eine Wunderwelt zu versenken, in der sie Königin war, durch Feenpaläste wandelte und die wunderbarsten Liebhaber hatte...

So lebte sie sehr vergnügt dahin; indessen mußte sie doch schon früh die Erfahrung machen, daß die Wirklichkeit nicht die Schwester des Traumes ist, und ihr praktisches Debüt in der Kenntnis der kleinen Jungfräulein verbotenen Dinge ermangelte jeder Größe.

Es ereignete sich an einem Juliabend und in dem Revier eines verlassenen Gartens, der ganz von Gesträuch und von Unkraut überwuchert war. Gabriele hatte sich dahin zurückgezogen, weil sie nicht gern vor der Essenszeit in die stickige Atmosphäre der Werkstätte ihrer Mutter zurückkehren wollte. Ein kleiner Taugenichts ihres Alters, der krauses Haar hatte und den sie gut kannte, war ihr dahin gefolgt, indem er es wie sie gemacht und sich durch zwei lose Planken der Umfriedung des Gartens durchgedrängt hatte. Er stand plötzlich in ziemlich verlegener Haltung vor ihr, und mit nichtssagendem Grinsen, aber ohne jede weitere Vorrede fragte er, ob sie den zwischen Männern und Frauen bestehenden Unterschied kenne.

»Die Frauen haben langes Haar und keinen Bart«, antwortete Gabriele mit einer Naivität, die nicht ganz echt war.

»Das ist nicht alles«, antwortete der Junge, »den Bart kann man rasieren, aber die Frauen...«, er hielt inne, trotz seiner natürlichen Unverschämtheit.

Er errötete ein wenig, zögerte und fuhr dann entschlossen fort: »Der Unterschied ist hier«, sagte er mit einer bezeichnenden Gebärde.

»Oh!« sagte Gabriele zurückweichend und erschrocken, obwohl ihre Neugierde sofort erregt wurde. »Das ist nicht wahr«, setzte sie hinzu.

»Doch, es ist wahr«, sagte der Junge, der heiße Ohren hatte und dessen Stimme noch rauher klang als sonst. »Es ist wahr. Willst du, daß ich es dir zeige? Du mußt mir's dann aber auch zeigen?«

»Du bist ein Schmutzfink«, antwortete Gaby, »und ich werde es meiner Mama sagen.«

Eitle Drohung! Sie sagte unausgesetzt, daß sie davonlaufen wolle, aber sie blieb. Obwohl von verlegenen Pausen und angsterfülltem Zittern unterbrochen, wurde doch die Unterhaltung fortgesetzt... und sie endete damit, daß Gaby einwilligte, sich von dem Unterschied der Geschlechter zu überzeugen, daß sie sehen und zeigen wollte, vorausgesetzt, daß kein häßliches und anstößiges Wort dabei gesprochen werden dürfe. Die Bedingung wurde angenommen, und der Austausch fand statt... Gaby hob ihr Kleidchen auf... dann standen sich die Kinder mit rotglühendem Kopf gegenüber, und zwei verlegen blickende Augenpaare schauten einander an.

»Du bist ein ekelhafter Bengel«, schrie Gaby plötzlich, in Weinen ausbrechend.

Und sie lief davon, so rasch sie nur konnte.

Die Erinnerung an dieses ihr erstes Erlebnis erfüllte Gabriele mit einem Gefühl der Scham, das aber doch mit einer Art von Freude gemischt war. Sie empfand von jenem Augenblick an einen unüberwindlichen Haß gegen den Taugenichts mit dem krausen Haar – und eine ganz besondere Vorliebe für den verlassenen Garten, der Schauplatz ihres ersten Abenteuers gewesen – so wenig ruhmvoll dasselbe auch gewesen war.

Unbebaute Grundstücke und verlassene Gärten verwandeln sich nach einer gewissen Zeit in Miniaturwälder, in denen kleine wilde Tiere leben, die mitten im Tumult der großen Stadt sich eines freien und geschützten Daseins erfreuen. Zwischen Gesträuch und Unkraut sieht man hier und da den braunen oder gelben Boden unter trockenen Blättern. Vögel nisten in den Ästen der Bäume, deren dichtes Laub im Sommer den Bewohnern der umliegenden Häuser den Blick versperrt. In Winternächten heult der Wind durch die entlaubten Äste; die wilden Ratten haben tiefe Löcher in den Boden gewühlt, in denen sie, wenn die Frühlingsregen einsetzen und wie kleine Wasserfälle über die sich mit frischem Grün schmückenden Abhänge rieseln, elend ertrinken.

Gabriele kannte bald alle eingefriedeten Gehege ihres Viertels, in dem es deren ziemlich viele gab. Sie wußte, in welchen die tiefste Stille herrschte und wo ihre Einsamkeit am wenigsten gestört wurde. Sie wußte sich geschickt überall Eingang zu verschaffen, indem sie entweder die Umzäunung überkletterte oder zwei lockere Planken voneinander zerrte und durch die so entstandene Öffnung schlüpfte. Sie wählte die größten und verwildertsten Plätze und besonders solche, von denen sie wußte, daß die Polizisten des Viertels sie nicht aufzusuchen pflegten. Da lag sie dann an schönen Sommertagen stundenlang im Gras und träumte ihre kindlichen Träume von Glück und Reichtum. Aber in ihre Phantasien mischte sich jetzt ein neues Element, und es war die Erinnerung an den Tunichtgut mit dem Lockenkopf, die viel dazu beitrug, ihren eingebildeten Abenteuern eine andere Wendung zu geben. Die Geschichten der Mythologie, dazu die Lektüre ziemlich übler Romane, deren gefährlichen Reiz sie um diese Zeit kennenlernte, wirkten lebhaft auf ihre leicht erregbare Phantasie.

So geschah es, daß Gabys Gedanken sich eine eingebildete, unwirkliche Welt schufen, die ihr von so großer Wichtigkeit erschien, daß sie begann, es sich zu Herzen zu nehmen, sich täglich neu davon überzeugen zu müssen, daß das wirkliche Leben ein so vollständig anderes sei. Die Werkstätte ihrer Mutter, mit den gewöhnlichen und schmutzigen Arbeiterinnen, die obszönen Scherze oder die sentimentalen Dummheiten der Straßenbummler und kleinen Angestellten, die unzüchtigen Verfolgungen alter lüsterner Herren in den Straßen, selbst die übertriebene Zärtlichkeit ihrer Mutter, die ihr nichts abzuschlagen vermochte und all ihren Launen nachgab, dies alles widerte sie an.

So erreichte Gaby ihr sechzehntes Lebensjahr. Sie bekam lange Kleider, und ihre Mutter fing an, eindringlich mit ihr vom Konservatorium zu sprechen... Aber sie schüttelte den Kopf und lächelte, sie wollte gern glücklich sein, aber sie wollte sich durchaus keine Mühe darum geben. Sie war immer noch ein verträumtes kleines Mädchen, das seine Freiheit zu sehr liebte, um einzuwilligen, sich in eine Schule zu begeben, in der man sie sicher strenger anfassen würde als in der Schule der alten, überspannten Dame, die kürzlich gestorben war. Sie war aber doch oft ein wenig melancholisch, denn sie sehnte sich nach Liebe, aber sie hielt keinen von allen, die sie kannte, für ihrer würdig. Der Bursche mit dem Lockenkopf verfolgte sie hartnäckig, aber der Gedanke, sich ihm oder einem seinesgleichen zu ergeben, erfüllte sie mit Grauen... und sie fragte sich, wann endlich der kommen würde, für den sie sich bewahrte?...

An jenem Morgen war Gabriele traurig, und sie zog sich daher in das Innerste einer ihrer Domänen zurück, die so groß war, daß sie nicht sicher war, sie ganz genau zu kennen, und die so lange schon verlassen dalag, daß die alte Portiersfrau von gegenüber, die wenigstens achtzig Jahre alt war, erzählte, das sei von jeher so gewesen und das von zerfallenden Mauern umgebene große, verwilderte Revier mit den alten, untereinander verwachsenen Bäumen habe niemals einen Herrn gehabt.

Nachdem Gabriele das zu ihrem Ziel führende verödete Gäßchen durchwandert hatte, öffnete sie die große, wurmstichige Gartentür, zu der man, dank ihrer Schmeichelkunst, der niemand zu widerstehen vermochte, ihr den Schlüssel anvertraut hatte, denn die das Revier umgebende Mauer war zu hoch, um darüberklettern zu können. Nachdem sie die schwere Flügeltür hinter sich geschlossen, gab sie sich ganz dem beglückenden Gedanken hin, daß diese grüne Einsamkeit, die sich vor ihrem Auge erschloß, ihr und nur ihr allein gehöre. Es war an einem Maimorgen, und es hatte in der Frühe stark getaut, aber schon sandte die Sonne ihre goldenen, erwärmenden Strahlen durch das junge Grün der Bäume und verwandelte die auf allen Blättern, Kräutern und Grashalmen hängenden kristallhellen Tropfen in leuchtende Brillanten. Gaby lieft entzückt in die feuchte Herrlichkeit hinein und achtete es nicht, daß ihre Stiefelchen davon durchnäßt wurden.

Sie folgte dann einer der verwilderten Alleen, die sich eben mit neuem Laub geschmückt hatten, und erreichte endlich ihren Lieblingsplatz, ein altes Boskett, das vor Wind und Regen völlig geschützt war, da ein Holunderbaum, dessen Zweige durch üppig dazwischen emporwuchernde Kletterpflanzen miteinander verbunden waren, ein undurchdringliches Dach darüber gebildet hatte. Die ringsum wachsenden Bäume und Gesträuche drängten sich so dicht heran, daß sie jeden Ausblick verhinderten, und nur hier und da schimmerte ein Stückchen des blauen Himmels durch die Wipfel. Eine Moosbank lud zur Ruhe ein, und Gabriele, die müde geworden war, streckte sich behaglich darauf aus. Über diesem umschlossenen Plätzchen, in das kein Luftzug drang, lagerte eine drückende Treibhausluft, und nur ganz vereinzelt huschten matte Sonnenflecken durch den tiefen Schatten des Laubes. Gabriele fühlte sich ganz überwältigt von einer wollüstigen Müdigkeit, und die Augen schließend, überließ sie sich mythologischen Träumen, die sie über alles liebte. Kraft ihrer Phantasie versetzte sie sich in jene fabelhaften Zeiten, wo die Götter mit den Menschen verkehrten und einander liebten, wo alle Dinge auf Erden von einer geheimnisvollen Seele erfüllt waren, wo die tiefen Wälder durch die bizarren Gestalten von Waldgöttern, Satyrn und Faunen und deren verliebte Spiele und unzüchtige und doch so reizvolle Verfolgungen von Nymphen und Menschentöchtern belebt wurden... Und die schwüle, duftgeschwängerte Luft, die ewige Zauberkraft des Frühlings, dazu ihre heiße Liebessehnsucht bewirkten, daß sie immer tiefer in ihre Träume versank und endlich selbst eine vergessene, außerhalb der Zeit und des Lebens stehende Nymphe zu sein wähnte.

Ganz plötzlich wurde dann durch ein ganz leichtes Geräusch die glückliche Sorglosigkeit ihrer Träume gestört. Die Zweige über ihr bogen sich mit leisem Rascheln auseinander, und zwischen den Blättern erschien ein Kopf. Gaby zitterte, aber sie bewegte sich nicht. Die Zweige bogen sich dann weiter auseinander, und vor Gaby erschien eine Gestalt, in der sie sofort das Ideal ihrer Träume erkannte. Schultern und Arme des seltsamen Wesens waren nackt, und sein hübsches, bärtiges Gesicht, das er forschend über Gaby neigte, war das eines jungen, lebensfrohen Jünglings. Ein um seine Schläfen gewundener Efeukranz ruhte auf den dichten, kurzen Locken, die jedoch keineswegs seine kleinen, zurückgebogenen Hörner versteckten. Er hatte vielleicht eine gewisse Ähnlichkeit mit jenem Buben, der Gaby einst über die Verschiedenheit der Geschlechter aufgeklärt hatte, aber das bemerkte sie nicht. Sie blieb unbeweglich liegen und tat so, als ob sie immer noch ganz fest schlief. Da sie, nachlässig hingestreckt, das eine Knie emporgezogen hatte, verschob sich ihr leichtes Kleid und enthüllte das andere, wohlgeformte, schlanke und mit einem feinen, durchbrochenen Strumpf bekleidete Bein. Ihre Aufregung war so groß, daß ihre junge Brust sich unruhig auf und nieder senkte, und durch ihr verräterisches Leibchen, das ein wenig geöffnet war, schimmerte die blendende Weiße ihrer zarten, feuchten Haut. Die Augen des Fauns funkelten und blitzten noch heller wie der Morgentau. Die Nüstern seiner Stumpfnase blähten sich vor Begierde. Er lachte geräuschlos, und seine blendend weißen Zähne zeigend, trat er näher heran. Unter den geschlossenen Augenlidern vorsichtig hinblinzelnd, beobachtete Gabriele jede seiner Bewegungen. Er schien ein wenig außer Atem zu sein, seine muskulöse Brust war mit kurzem Haar bedeckt, und die trockenen, ebenfalls behaarten Beine endeten in zierlichen kleinen Hufen, auf denen er völlig geräuschlos über den weichen Rasen glitt.

Er beugte sich tief über Gabriele, erfaßte ganz leise und vorsichtig den Saum ihres Kleides, und hob es ein wenig auf. Sie konnte es nicht verhindern, eine ganz leichte Bewegung zu machen, worauf er sofort innehielt, und es schien, als ob er die Flucht ergreifen wolle. Da sie jedoch unbeweglich liegen blieb, fing er wieder an, mit leiser, vorsichtiger Hand die Falten ihres leichten, hellen Sommerkleides aufzuheben.

Dabei blickten seine glühenden und freudesprühenden Augen unausgesetzt auf die hübschen Beine, die er nach und nach bis obenhin enthüllte.

Gaby nahm all ihre Kraft zusammen, um sich nicht zu bewegen. Sein heißer Blick, der sich gierig durch ihre dünnen Unterkleider zu drängen schien, erfüllte sie mit solcher Angst, daß sie am liebsten laut geschrien hätte – aber sie fürchtete, daß dann die Erscheinung verschwinden würde. Und nun fühlte sie, wie eine starke, ein wenig zitternde kleine Faust um ihre Taille tastete und sich bemühte, die Knöpfe ihrer Unterkleider zu lösen, deren leichte Gewebe sie dann rasch und geschickt unter dem zurückgeschobenen Kleid wegzog. In dem freundlichen Wunsch, bei dieser Operation sich ein wenig hilfreich zu erweisen, hatte sie, ihre Schamhaftigkeit vergessend (kannte man wohl in der mythologischen Vergangenheit ein solches Gefühl?), sich ein wenig aufgerichtet... und nun fühlte sie, daß sie von der Taille bis zu den Knien völlig nackt war. Der frische Hauch der sie umspielenden Luft machte sie frösteln. Dann wurde rasch ihr Mieder gelöst, und unter dem zärtlichen Druck der kleinen festen Hand hoben sich wollüstig die Spitzen ihrer bebenden jungfräulichen Brüste... dann aber glitt eine andere Hand tiefer und wagte eine intime Berührung, gegen die sich ihr ganzes Sein empörte... Sie wollte aufspringen, schreien... Aber schon hatte sich ein warmer, behaarter Körper über sie gestürzt, ein lachendes, freudestrahlendes Antlitz beugte sich dicht über das ihre, bärtige Lippen suchten ihren rosigen Mund – dann aber... dann... Sie empfand plötzlich einen stechenden Schmerz, der sie krampfhaft zusammenzucken machte und der sie zwang, die Zähne fest aufeinanderzupressen, um nicht laut zu schreien. Es ging aber bald besser, und sie tat willig alles, was die mythologische Unzucht des Mannes mit den Bocksbeinen von ihr forderte.

So geschah es, daß Gabriele in die Geheimnisse der Liebe eingeführt wurde, dieses arme, kleine Mädchen, dessen Einbildungskraft und Sinnlichkeit gleich groß waren und das sich in Träumen versenkt hatte, die nicht von unserer Zeit waren.

Die Freuden dieses Morgens sollten sich niemals für sie erneuern. Ganz trunken vor Liebe, kehrte sie gegen Mittag heim, nachdem ihr geheimnisvoller Liebhaber ihr »Auf morgen!« zugeflüstert hatte. Aber sie sah ihn nie mehr. Als sie am anderen Tag wiederkam, war ein Heer von Arbeitern, von bösen Geistern, wie sie dachte, in den verlassenen Garten eingedrungen; die alten Mauern wurden abgerisssen, die Bäume gefällt. Die Fragen der ganz bestürzten Gabriele wurden mit Spöttereien und unziemlichen Redensarten beantwortet. Der alte Eigentümer des Grundstücks war gestorben, und sein Erbe wollte den verödeten Platz nutzbar machen und Mietshäuser darauf bauen.

Vergebens forschte Gabriele nach dem Fabelwesen, das an jenem Maimorgen Besitz von ihr ergriffen hatte. Sie sah es niemals wieder, denn Leute seiner Art wagen sich nicht in den Tumult der Arbeitsplätze, und in den gepflasterten Höfen und mageren kleinen Gärten moderner Häuser sind sie ebensowenig zu finden.

Gabriele war anfangs ganz verzweifelt, aber mit der Zeit tröstete sie sich, und da sie wirklich im Grunde ein sehr vernünftiges, kleines Mädchen war, das gut und glücklich leben und seine Tage, von Luxus umgeben, aber in relativem Müßiggang verbringen wollte, wurde sie Kurtisane.

Sie hatte glänzende Erfolge, die ihr Ruhm und Geld einbrachten – aber dies alles ließ sie doch niemals ihren ersten, fabelhaften Liebhaber vergessen, der für sie der beste war und blieb.